櫻井千姫

16歳の遺書

実業之日本社

実業之日本社文庫

目次

16歳の遺書

わたしが死なないのは、単に死ぬのが怖いからであって、もし死後の世界が今よりも居心地の良いものだと絶対的に保証されて、かつ痛くも苦しくもない死に方があるのなら、正直、今すぐ死にたい。

20XX/04/16 13:12

第一章

春

SNSに百四十文字以内の投稿をした後、別に見たくもないけれど無料の漫画サイトを見始める。画面に映し出される絵と文字は、どんな恋愛も青春もコメディもわたしの心の糸に引っかかりもしない。ちっとも面白いと思わないまま、スクロールする手は止まらなかった。

わたしの名前は城野絆《しろのきずな》。三月生まれだから、高二になっても十六歳。身長が百五十二センチしかなくて脚なんて棒みたいで、胸はぺたんこだ。

昼休み、ひとりで教室にいて机に座ったままなんにもしないでいたらキモいと思われる。せめてスマホでもいじっていないとそこに存在する許可すらないように感じられてしまう。だからわたしは、ひたすらスマホを見て、病んで腐った言葉をSNSに吐き散らし、面白くもない漫画サイトを見る。

「誕生日忘れるとかひどくね？　いくらバイト忙しいからってマジありえねー！　もう別れよっかなぁ」

机と同化するように座って息を潜めて、外界からの刺激に極力反応しないでいるつもりなのに、心に立てたバリアを突き破って元気な声が耳の中にねじ込まれる。思わずちら、とスマホから視線を上げると斜め前の席で四人で固まっているグループが目に入った。

徳川《とくがわ》さんのグループだ。徳川郁《いく》さんは、クラスで一番可愛《かわい》い。

「えー乃慧《のえ》、それぐらい大目に見てあげなよー。わたしなんて付き合い始めて一年の記念日忘れられたんだからね？」

クラスで二番目に可愛い亜弥《あや》さんのセリフだ。

「亜弥が優し過ぎ。記念日とか誕生日忘れる男なんてサイッテー！　プレゼント何くれるかなって楽しみにしてたのに。まぁ一か月記念日ラブホで済ませた前の男よかましだけど」

「ちょっとーラブホとか大声で言わないでよ！」

なんて、友だちの背中をばしんと叩《たた》く徳川さんのほうこそ大声だ。徳川さんのグループの四人には、学校にいる間ずっと光が当たっている。容姿に恵まれた彼女たちはスポットライトの中大声でしゃべり、はしゃぎ、笑い、短いスカートを翻《ひるがえ》す。わたしには一生縁がなさそうな恋愛の話題も、化粧を施《ほどこ》したきれいな顔も、まるでテレビの向こうの世界のように遠い。

「香菜《かな》、五時間目の英語の宿題教えてー！　えっとここってｗｈｏ？　ｔｈａｔ？」

「乃慧、ちゃんと授業聴いてた？　問一から五まで全部間違ってるよ」

「えーマジ？　しゃあない、やりなおすから教えてー」

新しいルーズリーフを取り出し、間違えた答えを書いた紙を丸めてゴミ箱に放る指の長い手。しっかり塗られたマニキュアがきれいだなぁと思って見ていると、紙のボールがこつんとわたしの頭に当たった。ゴミ箱はわたしの机のすぐ後ろ。あと五十センチ、届かなかった。

「あ、やっちった」

「やっちったじゃないよ乃慧、ちゃんと謝りなよー！」

グループのリーダー格である徳川さんに言われ、ポニーテールを揺らしたその子が申し訳なさそうにわたしの前に立つ。ふいに教室じゅうの注目がわたしに集まっているのを感じ、肌がさっと粟立《あわだ》った。スクールカースト最上位の子と最底辺でぼっちのわたしが向かい合う、この光景。

傍《はた》から見ればわたしの惨《みじ》めさがよりいっそう際立つだろう。

「ごめんね」

「ううん……大丈夫」

思わず発した声が上ずって、突然ひとから声をかけられたという衝撃に心拍数がばくばくと急上昇していた。本音では、早くいなくなってほしかった。

早く！　早くわたしの前から消えて！　謝るのなんていいから、わたしのことなんて放っておいて！　あなたとわたしは絶対言葉を交わしちゃいけない仲なのに!!　こんなふうに注目なんかされたくない!!

　床に転がった紙くずをきちんとゴミ箱に入れると、ポニーテール頭はちょこちょこ揺れながら元のところに戻っていった。一瞬だけわたしたちに集まっていたクラスじゅうの注目もたちまち霧のように消えてしまう。徳川さんのグループは宿題をやり始めたからか、それともわたしの噂話《うわさばなし》でもしているのか、急におとなしくなった。ひそひそ声で交わされる会話の中身を、嫌でも勝手に脳が想像しだす。

——あの子って、城野っつったっけ？　キモくない？

——うん、まじキモいー！

——知ってる？　一年から友だちひとりもいないんだってよ！

——うわ、痛ぁっ。

　ぎり、と唇を噛《か》む。痛みが闇に染まって固くなった心を少しだけほぐす。手もとのスマホに目を落として時間を確認すると、昼休みはまた十分以上残っていた。

　SNSを開く。

　ゴミ投げられた。わざとじゃないってわかってても痛かった。ゴミ以下だとあの子たちに絶対笑われてる気がする。教室なんて最悪。学校なんて最悪。いや、生きてるのって最悪。

20XX/04/16 13:25

帰りのHRは、みんなこのあと部活だったり友だちと出かけたり、はたまたデートだったりするので、これから楽しい時間を過ごすんだーという、うきうき感が教室じゅうに充満している。あからさまに私語をしている子もいるけれど、神経質でも熱血漢でもないうちの担任はいちいちそれを咎《とが》めることもしない。

学校は苦手だ。特に昼休みと放課後直前の、この楽しい予感に満ち溢《あふ》れた空気が、苦手だ。同じ十六歳のはずなのに、どうしてクラスメイトとわたしの距離はこんなにも遠く、みんなが違う生き物みたいに思えてしまうんだろう。

「ねぇねぇ、今日これから四人でカラオケ行かない？」

「いいねぇ！　郁と乃慧のデュエット聴きたいなぁ。ふたりのハニバス、すごくいいんだもん」

放課後に友だちとカラオケではしゃぐことも、徳川さんたちお気に入りの流行《はや》りのバンドの名前も、わたしからしたら異次元だ。

ハニバスの正式名称がｈｏｎｅｙ《ハニー》ａｎｄ《アンド》ｂａｔｈｒｏｏｍ《バスルーム》だということくらいは

知っているけど、それにハマれるようなメンタルは持ち合わせていない。

放課後の予定なんてないわたしは徳川さんたちの後ろを素早く通り過ぎて、廊下に出る。同じ制服を着ているはずなのに彼女たちとまったく違うものに見える、校則通りの丈のプリーツスカートがふわり、揺れた。

わたしが住んでいる街は、東京から新幹線で一時間。田舎と言うには栄え過ぎていて、かといって都会と言うには地味過ぎる、中都市という言い方がしっくりくる中部地方の街だ。高校は駅から歩いて十分の距離、家は電車に乗って各駅停車で五つめ、最寄り駅から徒歩八分。片道約四十分の通学時間は中学の頃よりも長いけれど、高校生になった今はこれぐらいがちょうどいいのではないかと思う。少なくとも、ちょっと遠い高校へ行ったことで、わたしの中学時代を知る人は周りにいない。中学時代にあったあの出来事を知る人も、今はいない。

だからといって、ネクラで過剰に内気な性格のわたしが高校に入ったくらいで友だちができるという都合のいいこともなくて、高校に入ってからずっと、行きも帰りもひとりぼっちだ。

最寄り駅を降り、いわゆるシャッター商店街と呼ぶんだろう、活気のない灰色の商店街を抜け、住宅街に差し掛かって二百メートルほど歩いたところで、家に着く。わたしの家は築二十五年二階建ての安アパート、元はきれいな白色だった外壁は雨風にさらされて砂色に汚れ、『メゾン　サンマリノ』という外観にまったくそぐわない洒《しゃ》落《れ》た名前は安っぽい看板に書かれて陳腐な存在感を放っている。住んでいる人はわたしとお母さん以外は、お金のない学生か、年金で細々暮らしている年寄りか、いかにも水商売っぽいケバい化粧の女性か、そんな人たちばっかりだ。安っぽい看板に相応《ふさわ》しい、どこか安っぽい人たち。

まぁ、自分もそんな安っぽい人たちのひとりなわけだけど。

「絆、帰ったの？　ただいまぐらい言いなさいよ」

「……ただいま」

ぼそっと言うと、洗面所で身支度をしていたお母さんがふうとため息をつく。

お母さんは看護師だ。朝わたしが学校に行く頃に帰ってきて、今出かける支度をしているということは、これからまた夜勤なのだろう。

「ほんと覇気《はき》のない挨拶ね。こんなんだから、高校になっても友だちがひとりもできないのよ？」

「……ごめんなさい」

「ごめんなさいって、わたしに謝ったってしょうがないでしょう。まったく勉強はできないしグズだしトロいし友だちすら作れなくて、あんた、将来どうする気なの？」

ごめんなさい、と再び言おうとして、やめた。お母さんはツンと尖《とが》った顔を鏡に戻し、手早く看護師用の薄い化粧を施す。

　お母さんの言うことは正論だ。生まれてから十六年、ひとりとして友だちができないのは他の誰でもない、わたしのせい。だからそれに反論しようとは思わないけれど、元気がひとかけらも入っていない心がさらにきゅっと縮んで、きしんだ音を立てる。

　グズでごめんなさい。トロくてごめんなさい。友だちができなくてごめんなさい。何より、高校生にもなってこんなことで親に心配かけてしまってごめんなさい。

「夕食代はテーブルの上に置いておいたから」

　ストッキングを穿《は》いた足をローヒールのパンプスの中に押し込みながらお母さんは言う。顔はそっくりなのに手早くパタパタと動くところは、わたしとまったく似ていない。いったいこの子は誰に似てこんなに暗い性格になったんだと、お母さんにもよく言われるけれど、自分でも本当に不思議だ。

「洗濯もの畳むのとトイレとお風呂の掃除、お願いね。昨日はお風呂の掃除、ちゃんとしてなかったでしょう。水垢《みずあか》びっしりついたままだったわよ？」

「……ごめんなさい」

「言われたことひとつやらないで、これじゃあどんな仕事だって務まらないわ！　せめて家のことぐらいちゃんとやってちょうだいよ、本当に！　わかってるの？」

「……はい」

きっと睨《にら》まれてスカートの裾を手のひらできゅっと握りながら頷《うなず》くと、お母さんはその暗い返事が気に入らなかったのか、また大きくため息をついて、がちゃりと扉を開けた。閉まった扉に鍵をかけながら、心がどくどくと血を流すその痛みにしばし放心する。

お母さんはいつも怒った顔をしている。わたしが暗いから、グズだから、トロいから、すぐにお母さんは怒る。小さい頃は暴力もしょっちゅうだった。女手ひとつでここまで育てて高校まで行かせてくれた、そのことだけでも感謝しなきゃいけないのはわかっている。でも、グジグジと詰《なじ》られるたびに思ってしまう。

――そんなふうに言うなら、わたしを産まなきゃよかったじゃない。

夕食代の千円をお財布に入れ、近所のスーパーに買い物に出かけた。人参《にんじん》とじゃがいもはあるから、材料を買い足して肉じゃがを作ることにした。スーパーの中は、学校よりも息がしやすい。買われるのを待っている商品、無表情で籠《かご》に野菜や日用品を放り込んでいく人たち、貼り付けたような笑顔で接客する店員さん。そんな無機質で色もにおいもない物や人に囲まれていると、こんなわたしでもここにいていいんだ、という後ろ向きな自己肯定感みたいなものがじんわりと胸を温めてくれる。少なくともスーパーという場所は、休み時間ひとりでじっと息を潜めて机に座っている惨めさとも、暗くてグズでトロい性格を詰られる心が血を溢れさせるような痛みとも、無縁だ。お金を持ってここに来ている以上は、お客さんという立場を与えられる。

　しらたきとキヌサヤと牛肉の切り落としを買って帰り、食材を冷蔵庫に入れた後、まだ夕飯には早過ぎるので他の家事をすることにした。洗濯ものを畳んで、トイレとお風呂の掃除。ちゃんとやらないとまた、お母さんに怒鳴られる。ぶら下がっている洗濯物をお母さんの分とわたしの分、タオルなどに分けてひとつひとつ畳んでいく。ひとつも飾りのついていない味気ない自分のショーツを四つに折った後、ふと止めた手の甲に涙の雫《しずく》が落ちた。

　どうして泣いているのか、わからなかった。

　何が辛《つら》いのかわからなかった。

　でも一度堰《せき》を切った涙は後から後から溢れてきて、ガラス窓に薄く映った自分の顔を惨めに汚していく。

　涙を止めるため、わたしは立ち上がり、勉強机に走る。

　小学校の頃から使っているペン立ては、お母さんが職場の友人からもらってきたテーマパークのお土産のクッキー缶。眩《まぶ》しいほどに楽しそうなキャラクターたちの笑顔に囲まれ、文房具が入っている。シャープペンにボールペンにマーカー、修正液、そしてカッター。

　チチチ、と音を立てて刃を出す間、これからやる行為に少しだけ胸が高鳴る。

認めよう。わたしは自分の行動に酔うキモい女、みっともない悲劇のヒロインだ。制服のスカートをめくり、まだ古傷がかさぶたになって縦横無尽《じゅうおうむじん》に走る太ももに刃を滑らせる。ずっと切っているうちに、いつのまにかコツがわかるようになってしまった。どんなことにも、こんなことにも、コツというのはあるものだ。緩んだ涙腺を引き締めてくれる適度な痛みを生むにはどれくらいの深さ、強さで切ればいいのか、ちゃんと身体《からだ》が覚えている。

夏場、半袖になる時困るからリストカットはしない。でもどこか切りたくて、今どきこんなことするメンヘラなんてほんとダサいしバカみたいだって自分でも思うけど、とにかく切りたくて、無難な場所として選んだのが太ももだった。手首や腕と違って、制服のスカートをきちんと校則通り、膝丈にして着ていればひとに見つかることもない。プールの授業はいつも見学。最初に切ったのは中学に入りたての頃だからもう四年続けていることになるけれど、未だにお母さんにもバレていない。

もし、わたしがこんなことをしているって知ったら、お母さんはどう思うだろう。少しは心配したり、悩みがあるなら言ってほしかったと泣いてくれるだろうか。きっと違う。現実と戦えず、自分を変える勇気も持てず、ただ弱くて病んでいるだけのわたしを責める。「そんなことしてるから友だちができないのよ!」って。

想像したらつい深く切り過ぎてしまって、溢れた鮮血が畳の上に落ちた。それは真っ赤なバラの花びらを鏤《ちりば》めたみたいで、わたしはこんなに惨めに病んでいるのに、血だけは妙にきれいだと思った。

わたしってなんのために生きてるんだろう。明日が今日より良くなるなんてとても思えないのに、ご飯食べて学校行って息を吸ってる。

20XX/04/16 17:45

死んだらいけないのは残された人が悲しむからいけないっていう人がいるけれど、じゃあ、わたしみたいに死んだら誰も悲しんでくれない人は死んでもいいのかな？

20XX/04/20 13:11

他人が嫌い。学校が嫌い。世界が嫌い。この世が嫌い。宇宙ごとすべて爆発してしまえばいいと思うけど、他人を巻き込むなんてそんな考えは良くないから、結局わたしが死ぬのがベストなんだよね。

20XX/04/21 19:28

なんで、お母さんはわたしを産むなんてひどいことをしてくれたんだろう。生まれてきたくなかったのに。この世に最初から存在しなければ、悲しいことも苦しいことも辛いこともなかった。

20XX/04/23 20:37

学校に行きたくない。学校に行ったところでわたしはぼっちのキモいやつ。いてもいなくてもどうでもいいわたしなんだから、いなくなったところで誰にも迷惑かけないのに。毎日学校に行かなきゃいけないシステムを発明した奴マジ死んでくれ。

20XX/04/27 07:15

運動音痴だからただでさえ体育は苦手なのに、ゆうべから生理になってお腹《なか》がどっしり重だるい。美人でも可愛くもないから女に生まれても何ひとつ得をしてないのに、身体は容赦なく女に生まれた不便さを思い知らせてくる。

今日の体育はバスケ。コートの端っこでぼんやりして、生理痛をやり過ごす。目の前ではボールがびゅんびゅん飛びかい、ゴールを抜ける。

「ちょっと香菜、本気出し過ぎ！　こっちはバスケ素人なんだから手加減してよ！」

「うっさい！　悔しかったら乃慧もボール奪ってみろっつの！」

華々しく活躍するのは徳川さんのグループだ。ボールを楽しそうにパスし合う一軍女子、その周りで喚声を上げる二軍女子、少し離れたところから見ている三軍女子、そしてぼっちのわたし。体育ほど、十六歳女子の優劣が明確になる授業もないと思う。

スクールカーストの最上位で君臨《くんりん》する女王様の姿が見当たらないなと思ったら、徳川さんは体育館の入り口横の見学者席でちょこんと膝を抱えていた。友人たちの活躍を見守るきれいな顔は、自分もその中に混ざりたいのに行けないという欲求不満を閉じ込めているかのように、唇がきゅっと引き結ばれている。

そういえば徳川さんは体育を見学していることが多い。喘息《ぜんそく》持ちだという話を聞いたこともある。美人で身体が弱いって、なんだか、素敵。長い睫毛《まつげ》に縁どられた大きな目も、さくらんぼを思わせる形のいい唇も、肩より少し長いやわらかそうなココア色の髪も、みんなわたしにはないものだ。

わたしもこの子みたいにきれいだったら、まったく別の人生を歩んでいただろうか。友だちがたくさんいて、放課後はカラオケとか行っちゃって、当然彼氏もいて。リア充そのものみたいな花のＪＫライフ。

でも現実には、そんなことは太陽が西から昇るのと同じくらい絶対ありえないことなわけで。

後頭部に衝撃が走ったのは唐突だった。何が起こったのかわけがわからないまま、生理中の血が足りない身体はよろけてその場に膝をついてしまう。

「城野さん⁉　大丈夫⁉」

　近くにいた二軍女子が駆け寄ってきて身体を起こしてくれる。先生も走り寄ってきた。コートの端まで転がったボールを見て、あれがぶつかったんだと今さら理解する。

「貧血じゃないのか？　保健室で手当してもらって、あとは横になってなさい」

「……はい」

　とぼとぼと体育館を出ていく間、だっさー、と誰かの声がしたのは空耳なんかじゃない。ほんとにダサいわたし。ほんとに今日は最悪。今すぐ死んでしまいたい。もし死んでも魂が残るというのなら、魂ごと宇宙から消えてしまいたい。

「大丈夫？」

　体育館を出る時、徳川さんから声をかけられて、つい身体がビクッと反応した。極端にひとと関わって生きてこなかったわたしは、唐突なコミュニケーションにまごついてしまう。

「ボール、痛かったでしょ？　ここから見てても、すごい音したよ。ばこぉん、って」

　わたしを真正面から見るお人形みたいに整った顔。心臓が早鐘を打ち始める。あの徳川さんから、話しかけられている。特異過ぎる状況に、頭が追い付いていかない。

「へ、平気……そんなに痛くなかった、から……」

「なら、よかった」

そう言って、徳川さんは本当に安心したというようにふわりと微笑《ほほえ》んでみせた。春の花がほころぶような美少女の微笑み。

それに対するわたしの反応は、あたふたとその場から逃げ出すという身も蓋《ふた》もないものだった。これじゃあ徳川さんだってなんだと思うだろう。でもわたしは所詮《しょせん》徳川さんとは住む世界が違う人間。普通に話すことなんて、できるわけない。

保健室へ行く前に、教室に寄り道することにした。カバンの中に入っているスマホにどうしても用があった。ＳＮＳを開き、病んで腐った言葉を書きなぐる。

体育の時間、ボールが当たってコケた。最悪。誰かにダサッて言われた。ほんとにダサい、わたし。このまま魂ごと溶けて消えてしまえれば楽なのに。
20XX/04/27 11:48

四時間目終了まで保健室にいて、昼休みには教室に戻った。みんな先ほどの一件なんて忘れたかのようにそれぞれ友だちと昼食を食べ、おしゃべりに忙しくしている。

誰も、ぼっちの城野絆が体育の時ボールが当たって倒れたことなんて覚えちゃいない。それでいいんだ。そのほうが楽だ。きっとわたしはこのまま一生、誰かとその人生を交わらせることなく、道端の石ころみたいにじっと流れる時をやり過ごしていく。

そのはずなのに、ボールが当たったところへんに妙な視線を感じる。ちょうどSNSを開いていたので、吐きたての病んだ言葉が見られているんじゃないかと反射的にスマホを伏せ、振り返った。

するとそこに、今まさにわたしに声をかけようとしている徳川さんがいた。右手が軽く持ち上げられているのは、わたしの肩にでも触れようとしていたからだろう。

「……なに……？」

上ずった声は、緊張のせいで怒っているように聞こえてしまったかもしれない。それにその時わたしはきっとひどく強張《こわば》った顔をしていた。威嚇《いかく》するつもりはないのに、身体が脊髄《せきずい》反射でそんな反応をしてしまう。わたしはコミュニケーションにまったく慣れていない。しかも相手が徳川さんとくれば、尚更《なおさら》だ。

そんなわたしの反応に面食らったんだろう、徳川さんは大きな目を泳がせる。

「あ、いや、その……別に。なんでもないの」

しおらしく目を伏せるので、これではまるでわたしがいじめているみたいだと慌てる。徳川さんグループの子が呼ぶ声がした。

「郁ー、そんなところで何してんのー？」

「今行くーっ」

元気に返事をしてから、ちらりとわたしに意味深な視線を投げ、踵《きびす》を返す。揺れるスカートの裾から覗《のぞ》く真っ白な太ももが眩しい。あんなミニスカート、カッターの傷だらけのわたしには一生穿《は》けない。穿きたいとも思わないけれど。

「……なんだったんだろう」

ひとりごちながら考える。さっき、たしかに徳川さんはわたしに声をかけようとしていた。スクールカーストの最上位と最底辺、言うなれば女王様と下僕。まるで接点のないわたしなんかに、いったいなんの話があったんだろう。考えうるのはやっぱり、スマホの画面に表示していたSNSの文章を見られてしまった、という可能性だ。死にたいとか消えたいとか、そんなことばっかり百四十文字に込めているクラスメイトが目の前にいたら、さぞ気持ち悪いだろう。でもそれはあくまでわたしだったら、だ。なかには、そんなことSNSに書いていて大丈夫？　とか心配して声をかけてくる人もいるのかもしれない。

最悪だ。

いちばん苦手としている相手に、いちばん見られたくない部分を晒《さら》してしまった。いったいこれからどうしよう。いや、だいたい見られた、という確証があるわけでもない。下手に言い訳して、いったいなんのこと、なんて言われたらそれこそ墓穴だ。

考えに考えた上でわたしが取った方法は、もっとも消極的な現実逃避だった。

クラスいちの美人にSNSやってるとこ見られたかも。最悪。

20XX/04/27 13:20

住む世界が違うんだからわたしに声なんてかけてこないでほしい。無駄に目立つだけ。本当に学校嫌。

20XX/04/27 13:21

ふたつ連続で投稿した後、ハーッとため息をついてしまう。結局わたしがわたしに素直になれる場所、自分の気持ちを思いきり吐き出せる場所は、スマホの中にしかないのだ。友だちに囲まれて笑っている徳川さんを遠くから見つめながら、あの子には一生こんな気持ち理解できない、と確信する。

そして、事件は放課後に起こった。

帰りのHR終了後の教室、徳川さんグループの甲高い元気な声が耳に入る。

「郁ー、今日この後マック行こー！」

「ごめん、先行ってて。あたし、ちょっと用事あるんだ」

「えー何よ用って、アヤしい！　まさか彼氏でもできたー？」

「まさかぁー」

友だちとふざけて笑い合う徳川さんの声を背中に、わたしは教室を出る。一刻も早く家に帰りたい。家に帰ったところで何か楽しいことが待っているわけでもないけれど、学校よりはずっと、ひとりになれる空間のほうがまし。誰かといたってひとりぼっちなんだから、いっそずっとひとりぼっちのままがいい。

そう、心から思っているはずなのに。

「……何これ」

下駄《げた》箱を開けて、思わず引きつった声が漏れた。ローファーの中にふたつに折りたたまれたルーズリーフが入っている。入っているということは入れた誰かがいるわけで、ということはわたしはこのルーズリーフを読まなくちゃいけないわけで。

正体不明の誰かの接触を心底迷惑に思いながら、ルーズリーフを開く。下駄箱を行きかう他の人に見られないよう、身体で紙を覆《おお》い隠すようにして。

『あなたに話があります。放課後、裏庭で待ってて』

たったそれだけ、一行に並べられた文字に戦慄した。

普通は、下駄箱に手紙が入っていて、それが誰かからの呼び出しだったら、もしかしたら告白かもとときめくものなのかもしれない。でも受け取ったのは、このわたしだ。話って、いったいなんだろう。苦情？　いじめ？　カツアゲ？　ありとあらゆる悪い想像で脳がスパークしそうになる。

ルーズリーフをぐちゃぐちゃに丸めてゴミ箱に捨てて、正体不明の誰かの呼び出しなんて無視してさっさと帰ってしまおうかと思った。でもそれをしたら、今以上にとんでもないことになる予感がした。明日登校したらまた下駄箱に折り畳まれたルーズリーフが入っていて、『なんで昨日来てくれなかったの？　一生許さない』なんて書いてあったらどうすればいい？　頭は勝手に最悪のシナリオを想像するばかりで、友だちがいないわたしはこんな時に相談する人もいない。

結局、怯《おび》えながら裏庭に足を伸ばした。

裏庭は日が当たらなくて一年じゅう梅雨どきみたいにじめしめしていて、手入れのされていない花壇には、まばらに雑草が生えている。ここに立ち入るのは人目を忍んで校内でイチャイチャしたいカップルか、いじめられっ子を呼び出す不良グループくらいのもので、一般生徒が出入りすることはほとんどない。今も、ところどころ毛虫に葉をくり抜かれた桜の木が、むなしく風に梢《こずえ》を揺らしている。

桜の幹に背を預けながら、ルーズリーフの文字を見直してみる。当たり前ながら何度見たところで、そこに書いてある文字が変化するわけでもない。

『あなたに話があります。放課後、裏庭で待ってて』――

やっぱり、怖い。怖すぎる。わたしの馬鹿。こんな唐突かつ正体不明の差出人からの申し出に応じるなんて。

今のうちに逃げ出そうと足を踏み出したその時、背後から声をかけられる。

「城野さん」

聞き覚えのある声だった。今日の体育の時、ボールに当たってコケたわたしにかけられた声。昼休み、スマホをいじっていたわたしにいきなり投げられた声。

振り向くと徳川さんが立っていた。整った白いきれいな顔は、いつになく硬い表情だ。クラスいちの美女が躊躇《ちゅうちょ》なくまっすぐ、わたしを見つめている。

「……徳川さん」

我知らず名前を呼んでいた。目の前にいるその人を、そっと確認するように。徳川さんが一歩、二歩、歩み寄ってくる。教室で友だちとしゃべっている時は決して見せない強張った顔からは、その内側に込められた感情を窺《うかが》い知ることはできない。

「あ、あの、これって、もしかして、徳川さんが」

ルーズリーフを差し出し、念のため聞いてみる。徳川さんは首を縦に振った。

「そうだよ。あたしが書いたの」

「あ、あの、話って……」

「このアカウント、城野さんでしょ？」

突き出されたのはスマホの画面だった。SNSのホーム画面が表示され、縦にずらりとわたしが百四十文字以内で綴《つづ》った言葉が並んでいる。どれも死にたいとか消えたいとか学校なんてなくなればいいのにとか、世界を否定した言葉ばかり。自分の恥部を見せつけられた屈辱で、喉の奥が焼きごてを当てられたように熱い。

「どうして、なんで……」

「あたしのタイムラインに流れてきたんだよ。城野さん、今日の体育の後SNS使ったでしょ？ボール当たって、誰かにダサって言われたって書いてあった。それ見てまさか、って思ったら案の定だった。ねぇ、『声なんてかけてこないでほしい』ってこれ、あたしに向かって言ってる？」

鋭い口調に、首を縦に振ることも横に振ることもできない。

徳川さんの思い違いだよ、こんなアカウント知らない、全然違う人のSNSだよとシラを切り通す勇気もコミュニケーション能力も、わたしには備わっていない。

病んだことばっかり書いているくせに、わたしのSNSは結構見ている人が多い。

だからこういうことだって想定してなきゃいけなかったのに。

「城野さんさ、なんでこんなことSNSに書くの？」

率直な疑問に顔を上げた。わたしを睨みつける、マスカラで飾った大きな瞳。逃げることを許さないという強い意志がその中に宿っている。

「死にたいとか消えたいとか、思ってるぶんにはいいよ？　でも、誰でも見られるところに書いちゃうのは違うんじゃない？　世の中には生きたくても生きられない人がたくさんいるんだよ。そういう人が見たら、どんな気持ちになると思う？」

何も言えないから、何か言う代わりに、間抜けに口をぱくぱくとさせた。

そんなの考えたことがなかった。たしかに、世の中にはわたしみたいに死にたいのに死ねない人がいる一方で、生きたくても生きられない人がいる。でもそんな人たちのことを思いやるほどわたしは優しくなれないし、余裕もない。水あめの中をアメーバになって進むような、息をするのもやっとの毎日で、他の人のことを考えるのも忘れていた。死にたいのに、生きていたくなんかいないのに、自分が大嫌いなのに、自分がいちばん可愛い。矛盾した思いを抱えて、生きていた。

「もっと考えて行動しなよ」

低い声で言って、自分のバッグにスマホを仕舞う。徳川さんはしばらく、黙っていた。桜の梢が風に鳴るさらさらという音が、沈黙に色を添えていた。

「話は、それだけだから」

くるんと踵を返し、速足で正門のほうに歩いて行く。

だんだん遠ざかる徳川さんの背中を、見えなくなるまで見つめていた。百メートルを思いきり走った後みたいに、心臓が身体のまんなかで暴れ回っていた。

家に帰ってからスマホを開くと、ＳＮＳのメッセージ機能に新着があった。見覚えのないアカウント。斜め上から撮った気取ったプロフィール写真。

『辛いなら話聞くよ？　いつでも相談しておいで！』

念のためホーム画面を開き、ざっと確認する。返信はしない。投稿と写真からして九割以上の確率で男性だと判断したから。

わたしだって馬鹿じゃない。話聞くよとか相談してねとかの甘い言葉で、病んだ投稿をしている未成年女子を引っかけ、会った途端に身体の関係を要求してくる、けしからん男性が存在していることぐらい知っている。そんな甘い誘いに乗るべきじゃないってことも。

病んだ言葉を吐き出そうとして、やめる。徳川さんに知られてしまった以上、もうこのアカウントは使えない。病んだ言葉の行先は、この世のどこにもない。

徳川さんのまっすぐな目を思い出す。死にたいなんて一度も考えたことはないはずの、強い光を湛《たた》えた瞳。スクールカースト最上位だから、美人で目立つから、スカート短いから、ずっと苦手だと思ってたけれど、徳川さんはいい人だった。

クラスメイトにSNSを病んだ感情のはけ口にしている子がいるって知っても、普通はほうっておく。でも徳川さんはそうしなかった。

でもわたしは、そんなふうに強くは生きられない。

カッターナイフを取り出す。刃を突き出す。切り傷だらけの太ももに新しい傷を重ねていく。血が溢れる。途中から泣いていて、視界がぶよぶよに歪《ゆが》んだ。鈍い痛みがじんじんと体の表面を痺《しび》れさせる。頰を流れる涙が冷たい。縦横無尽に走る傷で、わたしの太ももは真っ赤な碁盤《ごばん》の目みたいになった。

唯一の居場所すら否定されてしまったわたしには、もうこの世のどこにも身の置き場がない。帰る家があるし高校にも行かせてもらっているのに居場所がないなんて甘えてると、詰《なじ》る人もいるだろう。でもわたしには物理的な居場所はあっても、精神的な居場所がどこにもないんだ。

それでもどうしようもなく湧いてくる黒々とした感情はいつのまにか身体じゅうを覆いつくしてわたしを人ならざるものに変えてしまう気がするから、その前にこんな方法で感情を血という炎で焼き尽くす。

連休は学校に行かなくていいのが楽だけど家にいるからって楽しいことなんて何ひとつない。ただ、お母さんから任される家事の量が増えるだけ。やることもないからとりあえず、太ももを切る。

20XX/04/29 14:45

連休中日。熱があるから学校に行きたくないと嘘《うそ》を言うとお母さんはあっさり信じてくれた。でもこんなこといつまでも続けられないってわかってる。娘が不登校になったら、お母さんはわたしの弱さを責めるだろう。

20XX/05/01 10:22

明日こそ学校に行かなきゃいけない。本当に嫌だ。本当に行きたくない。学校も地球も宇宙も今すぐ消滅してほしい。今目の前に世界を速攻で消滅させられるボタンがあったら、ためらわずに押す。

20XX/05/06 17:56

まだ五月の初めだっていうのに、照り付ける太陽は既に真夏の厳しさを滲ませていて、今からこんな気候じゃいったい七月八月はどんなことになるのやらと、今年の夏に思いを馳《は》せては憂鬱《ゆううつ》になる。長い休みの後の学校は、ただでさえ苦行そのものなのに、湿気と熱気が憂鬱に拍車をかけていた。

すべてが嫌だ。教室の中に閉じ込められる窮屈さも、孤独と向き合わされる休み時間も、クラスメイトたちが連休のうきうき感を引きずってやたらと明るくしているのも、すべて。

「昨日さぁ彼氏と遊んだんだ。その時にクレーンゲームで取ってもらったの、これ」

「いいな、可愛いじゃん。乃慧ってばさんざん彼氏のこと悪く言っといて、やっぱり大好きなんだね」

徳川さんグループは、いつものように見えないスポットライトを浴びてはしゃいでいる。その中央にいる徳川さんがわたしの視線に気づいたように、ちらりとこっちを見た。一瞬絡まる視線と視線。お互いすぐに逸《そ》らす。

あの後、元のアカウントはそのままに別のアカウントを作り、今度はそちらで病んだ言葉を吐き出していた。徳川さんにはああ言われたけれど、わたしはとても変われない。徳川さんに注意されたくらいで変われるなら、とっくに変わっている。

ぼっちのわたしのいつも通りの一日が終わり、校門を出て駅のほうへ歩き出したところでスマホが震える。友だちがいないわたしの電話を鳴らすのは、ひとりだけだ。

「お母さん？」

『ちょっとね、大至急お願いしたいことがあるんだけど』

お母さんの声はいつになくせかせかしていた。携帯を耳に当てながらゆっくり歩くわたしの横を、徳川さんグループによく似たスカートの短い女子たちが甲高い声で笑いながら駆け抜けていく。

『リビングのテーブルの上にファイルが置いてあるから、それ、急いで病院に持ってきてほしいのよ。今朝持って出るのを忘れちゃってね。どうしても必要なの』

「わかった。持ってく」

面倒な用事ではあったけど、どうせひとりで家にいてもすることはないし、そもそもわたしに拒否権はないんだから、言われた通りにする。

お母さんの忘れ物を勤務先に届けたことは、これまでにも何度かあった。お母さんが勤めてるのはバスに乗って二十分のところにある、大きな大学病院だ。地方の病院だけどありとあらゆる科が揃《そろ》っていて設備も整っているから、近隣の市町村に住む人は身体が悪くなるとまずこの病院を訪れる。巨大な豆腐みたいな白い十八階建ての建物の十五階、ナースステーションが目的地だ。

都会の駅並みに人が多い受付を抜け、エレベーターに乗って十五階へ。車椅子の人や点滴に繋《つな》がれた人たちが行きかう廊下、ナースステーションのカウンターの中にお母さんの姿を探す。お母さんは素早くわたしを見つけた。

「ありがとうね、絆。助かったわ。これ、バス代」

渡された千円札を受け取る。病院の中はしんとしていて薬品を薄めたようなにおいと、何かが饐《す》えたようなにおいが入り混じっていた。死のにおいだ、と思った。今日もこの病院では何人かが息を引き取っているはず。その人たちが発している死の空気が、建物全体に漂っている。いくら消毒液を振りかけてもエアコンでかき混ぜても、消えることはない、死そのものの存在感。

「どうしたの、絆？」

お母さんにとっては当たり前になっているであろう死の空気をじっくり味わっていると、不思議そうに声をかけられた。病院全体に漂っている死を感じていた、なんて本当のことは言えないから、質問に質問で返す。

「看護師の仕事って、大変？」

「そりゃ大変よ、患者さんにも働く人にもいろんな人がいて、その人たちと上手《うま》くやっていきながら仕事しなきゃいけないからね。あんたには絶対務まらないわ」

別に看護師になりたいと言ったわけでもないのに、頭ごなしにそんなことを言われる。そこで不愉快な顔をして喧嘩《けんか》を始めるほど、わたしとお母さんとの間にこなれた親子関係はないから、そう、と曖昧に頷いてさっさとその場を去ることにした。エレベーターホールへ向かうと、ローファーが立てる足音がやたら大きく響いた。ホール中央のベンチに、寄り添う人影があった。うぅ、ともおぉ、ともつかないしんみりした泣き声を漏らす人の肩をもうひとりが抱きしめている。すすり泣く人がわたしと同じ制服を着ていることに気付き、顔を確認する。

睫毛の長い大きな目。すっと通った鼻筋。リップグロスを纏《まと》った唇。

徳川さんだった。

視線を感じ取った徳川さんが顔を上げ、目が合った途端に驚いた顔をする。エレベーターが来たけれど、その場を去ってはいけないと、直感的に思った。

「城野さん、ここで何、してるの?」

「わたしは……忘れ物を届けに」

「忘れ物?」

「うちのお母さん、ここの看護師なの」

「そう……」

徳川さんは納得した声を漏らして、何かを諦めたようにふっと視線を下げた。徳川さんの隣にいた人がハンカチを取り出し、慌てた手つきでごしごしと涙を拭う。

「郁の、お友だち?」

無理やり作ったような笑顔をわたしに向ける女の人は、徳川さんとよく似たきれいな人だった。二十年後、きっと徳川さんはこんな顔をしているんだろう。それでこの人が徳川さんのお母さんなのだと悟《さと》る。

「同じ、クラスです」

友だちです、と言うのはおこがましい気がした。わたしと徳川さんはそんな間柄じゃない。一度口をきいて、SNSを特定されて、怒られただけ。

「そう。ごめんなさいね、いきなりこんなみっともないとこ見せちゃって」

「いえ……」

「お母さん。ちょっと、城野さんとふたりきりで話してきていい？」

徳川さんがすっくと立ち上がりながら言った。

「いいわよ。お母さん先に、車で待ってるから」

「ありがとう。城野さん、行くよ」

有無を言わせぬ徳川さんについていき、やってきたエレベーターに乗り込む。

徳川さんはこの病院に何度も来たことがあるのか、足取りに迷いがなかった。すいすいとロビーを抜け、病院の中庭に出る。初夏の午後の日差しを浴び、散歩する入院患者とその家族の姿がぽつりぽつりとあった。金色の陽光を芝生が跳ね返し、まばゆい光が足もとに散らばっている。

「ここに座ろうか」

徳川さんが腰掛けたのは、遊歩道沿いに作られた一脚のベンチだった。

少し距離を空け、わたしたちは座る。昼の盛りよりも涼しくなった風がふたりの間を吹き抜けていく。

「わたしが今日ここにいたこと、誰にも言わないでほしいんだ」

神妙な口調で、徳川さんは言った。言われたことの意味がわからなかった。

「誰にも知られたくないんだ。わたしが病気だって」

「病気って……喘息？」

「誰から聞いたの」

「誰からってわけじゃない。噂で。徳川さん、よく体育見学しているし……」

ジャージ姿で体育館の端っこに座って、自分もその中に混ざりたいのに混ざれないという不満を口いっぱいに溜《た》めている徳川さんを思い出す。

そこで初めて、おかしいと思った。ただの喘息なら、どうして徳川さんは自分が病気だということを誰にも知られたくないんだろう。

「噂、かぁ。できれば、そういうことにしてほしい。ただの喘息だって」

「そういうことにしてほしい、って？」

徳川さんのきれいな顔が固まる。わたしを見る目が、怯えていた。

躊躇した。お母さん以外の人とほぼ口をきかずに十六年間生きてきたわたしは、こんなことに慣れていない。他人が嫌がる領域に、どすどすと踏み込んでしまっていいものなんだろうか。

「本当は、どういうことなの？　なんでさっき、徳川さんのお母さんは泣いていたの？」

耐え切れないというように、徳川さんはわたしから顔を逸らした。それでもわたしは諦めなかった。諦めちゃいけないと思った。精一杯の勇気を喉に送り込んで、言葉を絞り出す。

「徳川さん、本当はもっと深刻な病気なんじゃないの？　だからこそ、誰にも知られたくないだなんて――でも、そんなの」

「あたしね、生まれつき、心臓に奇形があったの」

目をゆっくり、しばたたかせる。

人間にとっていちばん大切なものが、普通じゃない恐ろしさ。

「赤ちゃんの時は身体が小さすぎて手術ができなくて、幼稚園の頃に手術受けた」

「それで、治ったの？」

「治ったよ、手術はだいぶ壮絶だったけど」

「よかったね」

「全然良くないよ。その後、小三で白血病になったんだから」

何もない地面を見つめながら、徳川さんが言った。少し遠くで子どもたちがキャッチボールではしゃぐ声が聞こえていた。

ハッケツビョウ、と口の中で繰り返す。白血病、と漢字が出てくるまでに少し時間がかかった。

「小学生から入院と退院の繰り返しで、三年生と四年生の時はしょっちゅう休んでて。それでも中学生になる頃には普通の生活を送れるぐらいに回復して、こうして高校にも入れた。でも、最近また数値が良くなくて、連休中はずっと精密検査だったの。そして今日、結果が出たんだけど」

そこで、ためらうような沈黙があった。徳川さんが小さな白い手をぎゅっと握った。自分のいちばん大切な部分を握りしめるように。

「あたしの寿命、あと半年なんだって。あんまり検査は多いし、お母さんがひとりで病院に呼ばれるし、なんとなく覚悟はしてたけど、やっぱ、ショックだよね。いや、あたしよりもお母さんのほうが大変みたい。遺《のこ》していくよりも遺されるほうが辛いってこと」

ようやく、わかった。

どうして徳川さんが、わたしのSNSに対してあんなに怒ったのか。

普通はクラスメイトがSNSに自殺願望を綴っていても、見て見ぬふりをする。

でもそうしなかったのは、徳川さんが普通じゃなかったからだ。

普通のひとよりずっと、わたしよりずっと、死に近いところにいる人間だからだ。

「どうして」

やっと発した声は頼りなく掠《かす》れていた。十六歳にして余命を告げられたばかりだっていうのに、徳川さんはちゃんとしているんだから、わたしだってちゃんとしなきゃいけないのに、いきなり打ち明けられた大き過ぎる秘密にすっかり動揺した。

「どうして知られたくないの？　そんな大事なこと、友だちに言わないわけには……」

「同情されるのが嫌なの。もうすぐ死んじゃう子だって思われて扱われるのが嫌なの。そんなの、対等な関係じゃないじゃん？　小さい頃からずっとそんな思いばっかりしてきた。だから知り合いが誰もいない高校に進んで、ゼロから新しく友だち作った。さすがに先生は、体育見学しなきゃいけないから事情を知ってる人もいるけれど」

対等な関係じゃない、という言葉が心に刺さった。

癌《がん》とか大病とか、この世にあることは知っているけれど、自分に関わってくるものだとは今まで思ってなかった。

目の前の徳川さんに、たった十六歳にして白血病だと打ち明けられて、まずその事実を飲み込めない。徳川さんの苦しみも想像がつかない。

だってわたしはずっと、同情されたかったから。

SNSに病んだ言葉を綴るのも、同情の言葉が嬉《うれ》しかったからだ。『その気持ちすごくわかります』『私も同じ状況です』『死ぬまで生きなきゃいけないなんて、本当に誰が決めたんですかね』――。

そういう言葉が返ってくるたび、自分には仲間がいるんだと、ひとりぼっちじゃないんだと、居場所はここにあるんだと、年じゅう冬の最中にいるような心が少しだけ温かくなった。

死にたくて、同情されたいわたし。

生きたくて、同情されたくない徳川さん。

わたしたちの立ち位置はあまりにも違い過ぎる。

でも、向き合いたいと思った。寄り添いたいと思った。

少なくとも徳川さんは、SNSに闇を吐き出すわたしを気にかけてくれた。

今度はわたしが、徳川さんに向き合う番じゃないのか。

「黙ってほしいって言うなら黙ってる。わたし、学校で誰とも話す相手、いないし。でも」

「でも、何？」

怯えた目がわたしを見る。いつも明るさを振りまいている徳川さんのそんな顔を初めて見た。それほどまでに徳川さんは病気のことを知られるのが嫌なのか。

「そんなに大きい病気だったら、いずれどんどん悪くなるだろうし。学校にも行けなくなっちゃうし。ずっと隠しておくってわけにはいかないんじゃない？」

「そう……だよね」

徳川さんが遠くのなんにもない地面を見つめていた。すぐ傍の柳が、さらさらと梢を揺らす。

「でも、それまでは……ギリギリまでは、隠しておきたい。乃慧にも香菜にも亜弥にも……もうすぐ死んじゃう徳川郁じゃなくて、普通の徳川郁を見てほしい。もうすぐ死んじゃうから、こそ」

ひんやりした初夏の夕方の風がふたりの間を通り抜けて行って、徳川さんのココアブラウンの髪の毛を巻き上げた。柳の影が徳川さんのきれいな顔に陰影をつけている。美しかった。瞳も髪も唇も、死に別れる人に自分の元気なところだけを見せたいという意思も。

徳川さんはきっとすごく強いんだ。

友だちに頼らないで、ひとりで病気と闘おうとしているんだ。闘ったところでいずれ負ける運命だって知っていても、それまでの日々を生き抜こうとしているんだ。

「徳川さんがそう思うなら、そうすればいいと思う。わたしに止める権利、ないよ」

言ってしまってから、今の言い方は少し冷たかったかな、と思った。でもその通り、わたしに口出しする権利はない。わたしは徳川さんの友だちでもなんでもない、ただのクラスメイトなんだから。

「それ、黙っててくれるってこと?」

徳川さんがすがるような目でこちらを見る。そんなふうに見つめられると、つい逸らしてしまう。典型的なコミュ障のわたしは、他人の視線に弱い。

「もちろん。黙ってる。絶対、誰にも言わない」

「よかったぁーっ!!」

大声を出すので、近くを歩く松葉杖《まつばづえ》をついたおじいさんがぎょっとしてこっちを見た。張りつめていた緊張の糸が切れた徳川さんは、いつも教室ではしゃいでいるまんまの、クラスいちの美少女だった。

「もう、ほんと、城野さんに見つかっちゃった時はどうしようかと思ったよ。絶対変に思われるし、どう誤魔化そうかなって必死で。でも無理だよねー。このトシで親と病院に来てて親泣いてたら、そりゃ、何かあるって察するよねぇ」

他人事《ひとごと》みたいなあっけらかんとした言い方に、ちょっと面食らってしまう。でもわたしが知っている徳川さんは、元からこういう子だったはずだ。明るくて元気でちっちゃなことは気にしないって感じで、生きることを心から楽しんでいる。

生きることから逃げ出したいわたしとは、真逆の生き方をしている女の子。

「あ、この前はごめんね。つい、きつい言い方しちゃって」

この前、というのが連休前、SNSを見つけられた時のことだと気付くのに頭を半回転させなきゃならなかった。

「ううん、いいの。徳川さんの言うとおりだと思うし」

「それにしても言い方、考えなきゃいけなかったよね。……あたし、心配だっただけなの。毎日死にたいとか消えたいとか、そんなことばっかり書いてるじゃん？　この子大丈夫なのかなって。ほっといたら本当に死んじゃうんじゃないかって」

そこでしばらく、間があった。徳川さんが真面目な顔になって正面からじっとわたしを見る。

「言っとくけど、あたし、自殺は許さないよ」

はっきりと力を持った言葉に、ぐさりと心臓をひと刺しされる。もちろん、悪いことだってことぐらいわかっていた。自ら死を選ぶのも、自分で自分の身体を傷つけるのも、悪いことだ。でもそれをこうまでちゃんと他人に言われると、胸を抉《えぐ》られたようで何も言えなくなる。

「生きたくても生きられない人はたくさんいる。あたしもそのひとり。生きたくて生きたくてしょうがないのに、でも生きられないのに、なのに自分から命を粗末にするなんて。そんなこと、とても許せない」

　苦手なひとからの視線をまっすぐに受けながら、わたしは黙って断罪された。どうやらわたしは、ＳＮＳで同情されることに慣れていたようだ。死にたいと言ったらわたしも辛いです、同じ状況です、と返されるのが当たり前になっていた。前向きに生きる健全な人間だったら徳川さんみたいに考えるのが普通なのに、その普通の意見に打ちのめされた。

「でも、ね」

　徳川さんがゆっくりまばたきをする。深呼吸するように、ゆっくりと。

「何もなかったら、あんなに毎日死にたいとか消えたいとか、考えないはずだと思って。何かあるからこそ城野さんは、ああやってＳＮＳに自分の言葉を吐き出してるんだって。だから自殺は許さないけれど、城野さんのことは否定しない」

「どういう、こと？」

「あたしは自殺は許せないけど、死にたいって思う、そのこと自体は仕方がないんじゃないかなって。思ってる分には自由っていうか。だから別に死にたいとか消えたいとか言ってる城野さんのことを駄目な人間だとか、そういうふうには思わないよ」

　ふわっと徳川さんが笑った。やわらかな笑みに強張っていた心がほぐされていく。言われて、気付いた。わたしはずっと、自分のことを駄目な人間だと思っていた。

友だちがひとりもいなくて、居場所はSNSの中だけで、自分の身体を傷つけて。こんな人間、社会で通用するわけがないと。人間の中でも最低ランクの、駄目人間中の駄目人間だと。

そうじゃないと言われたことに、ものすごくほっとしていた。

「ちょっと、何泣いてんの⁉」

驚いた声で言われて、初めて涙が出ていることに気付いた。

「ごめん」

「これ、使って」

徳川さんが自分のカバンからテキパキとポケットティッシュを取り出してくれる。急いでごしごしと涙を拭いながら、どうにも気まずくて仕方ない。

どうかしている。他人の前で泣くなんて。

「あのねー、こんなこと、ベタだなって思うかもしれないけど」

教科書やノートをごそごそかき分けながら、一冊のノートを取り出す徳川さん。B5判でドット柄の表紙の、控えめな可愛らしさを漂わせているノートだった。

「毎日検査続きだった時、これ書き始めたんだ。いよいよあたしも終わりかなって」

「何？　日記？」

「違うよ。死ぬまでにやりたいことノート」

つい、徳川さんの顔を凝視した。死にたいとか消えたいとか口だけのわたしと違って、実際に死が間近に迫ってる人間は、こんなことを考えるものなのか。

「一ページ目がね、行きたい場所。ちょっと考えたら、こんなに出て来た」

「行きたい場所リスト」と書かれた後に、いろんな地名が並べてあった。「北海道」「沖縄」「大阪」「屋久島」「富士山」……外国もある。「アメリカ」「フランス」「イタリア」「ロンドン」「ドイツ」「ハワイ」「フィジー」「イースター島」ｅｔｃ．……。

「なーんて、あと半年で全部行くなんて、絶対無理なんだけどさぁ」

ぱたん、とノートを閉じて徳川さんが笑う。その横顔が今にも風に吹かれてなくなってしまいそうに儚く見えた。

「改めて考えたら、やりたいこととたくさんあるんだなと思って。あたしまだたった十六年しか生きてないのにね。行きたい場所も見たいものもやりたいこともたくさんあるのに、実現できないまま死んじゃうんだよ。あーあ、ほんとにろくでもない」

「やろうよ」

考える前に、口に出していた。え、と徳川さんの顔が固まる。

「やろうよ、ここに書いたこと。徳川さんのやりたいこと。まだ、半年も時間あるんでしょう？　だったら、やろう」

「そう言われても。生活に制限あるし、無理なこともたくさんあるし」

「じゃあ、無理じゃないことだけでもやってみようよ。わたし、手伝うから」

徳川さんがはっと口を開けた。わたしをじっと見て、それから顔を伏せてしまう。

「それ……同情？」

ひときわ大きな風が吹いて、柳の葉ずれの音が徳川さんの声をかき消そうとしたけれど、少し小さいその声ははっきりとわたしの耳に届いた。

心臓がどきりと固まる。同情、それは徳川さんがもっとも嫌うもの。

「同情じゃないよ」

また、考える前にしゃべっていた。かつて経験したことのなかった激しい衝動が、わたしを衝《つ》き動かしていた。

誰かのことを思って真剣に言葉を紡《つむ》いだことなんて、生まれて初めてだ。

「徳川さんは、わたしのSNSを見てなんとかしなきゃって思った。わたしもそれと同じで今、なんとかしなきゃって思ってる」

「何を、なんとかするの」

「本当は病気を治せれば一番いいと思ってる。でもそれが無理なら、徳川さんができるだけ心穏やかに過ごせるように、わたしのできることをやりたい」

「どうして」

地面を見つめたまま、徳川さんが言う。

「どうして、あたしのためにそんなこと思うの？　あたしと城野さん、全然仲良くないのに」

ずばりと言われて、わたしの弱い心はすぐ臆《おく》してしまう。

徳川さんの言うとおり。いつも一緒にいる友だちならまだしも、ただ同じクラスなだけでろくに口もきいたことのないわたしがこんなことを言い出すなんて、たしかにおかしい。徳川さんからしたら高校生になっても友だちひとりできないクラスいちのネクラ女にこんなこと言われたって、迷惑なだけだろう。

でも、引いちゃいけないと思った。

ここで黙ってしまったら、本当に自分のことを嫌いになってしまうから。

「徳川さん、わたしのこと気にかけてくれた。わたしのＳＮＳ見て、わたしに声をかけてくれた。怒られたけど、嬉しかった」

ずっと同情や心配が欲しかった。ＳＮＳの言葉はどれも甘くて、優しさに飢えたわたしはあっというまにその中毒になった。

でも、本当に欲しいものは違った。

うわべだけの同情じゃなくて、真剣に向き合ってくれる人に出会いたかった。

「だから今度は、わたしが徳川さんを気にかける番なの」

「……何、それ」

「迷惑、かな？」

しばらく沈黙があって、ひんやり心臓が冷える。今度こそ拒絶されるかもしれないと思った。そうされても仕方のないことを、わたしはしている。

「ぶふっ」

変な声がしたと思ったら、徳川さんは笑っていた。笑いながら瞳がうっすらと涙にふくらんでいた。

「迷惑じゃないよ」

何がそんなにおかしいのか、きゃははと徳川さんは声をたてて笑い続けた。わたしも笑った。つい数秒前の背骨が凍るような緊張が嘘みたいで、いくらでも笑えた。

誰かと声を合わせて笑うのは、いつ以来のことだっただろう。


高校二年生になるまでひとりも友だちができなかったけれど、誰かと一緒に遊んだ経験がまったくないわけじゃない。保育園の頃は、ひとりで休み時間に遊んでいると先生に声をかけられて、半ば強制的に遊びの輪に入れられた。鬼ごっこ、かくれんぼ、だるまさんがころんだにハンカチ落とし、はないちもんめ。

どれも退屈だった。周りの子どもたちはちょっとしたことで泣いたり怒ったり、ふざけたりからかってきたりして、そんな子たちと遊びの間だけでも仲良くしなければならないことが、苦痛だった。わたしにとって他の子どもは友だちでも仲間でもなかった。面倒くさい赤の他人。ただ、それだけ。

友だちはいらない、とはっきり決めたわけではない。でも小学校に上がる頃になると、わたしは自然とつまはじき者になった。誰もわたしに声をかけず、あからさまに無視してくるようになった。それどころか、積極的に排斥《はいせき》された。キモい、バイ菌、あいつに近づくと城野病になる。触られると城野菌がうつる。そんな空気が広まり、誰も声をかけてこなくなった。

自らひとりを選択していた幼稚園の頃と違い、小学生になって、わたしはようやく気付いた。他人と仲良くできず、友だちを作らないでいると、いじめられることに繋がるんだ、と。

気付いたところで今さら他人との接し方を変えることはできず、黙っていじめをやり過ごそうとした。小学校低学年のいじめは、えげつなかった。掃除の時間に水をかけられ、ランドセルの中に蛙《かえる》の死骸を入れられ、男子も加わってリンチされた。昼休み、砂場に転がされて十人ぐらいの子どもたちに全身を蹴られた。鼻血が出て口の中も切れ、腕も脚も痣《あざ》だらけになった。

さすがにこれは先生にも見つかり、緊急で学級会が開かれて大問題になった。厳しかった担任の女の先生は、いじめに加わった子を素早く特定し、わたしの目の前で謝らせた。それだけで済まさず家庭訪問も行い、お母さんに向かってなんべんも謝ってくれた。子ども心にも嬉しかった。大人がちゃんと自分を気にかけてくれる、自分のことを思ってくれる。それがわかったのが嬉しかった。

でも、先生が帰った後、お母さんは言った。

「暗くておどおどして、挨拶ひとつろくにできないようだからいじめられるのよ。いじめられたあんたが悪いんだからね!?」

ほこほこと胸を温めていた嬉しい気持ちが、瞬く間に冷えていった。

小学一年生の頭で、理解した。お母さんはわたしのことが嫌いなんだ。わたしが暗いから、おどおどしているから、いじめられるから、嫌いなんだ。

自分の子どもを嫌う親なんていない。すべての親は無償で子どもを愛する。そんな言葉は、お母さんの鋭い言葉と怒った顔の前では、なんの効力も持たない。

わたしは、お母さんに嫌われている。

リンチ騒動以降、無視はいっそうひどくなった。先生がマークしているいじめられっ子に迂闊《うかつ》に近づくと、自分までいじめていると思われる。みんなちゃんとそのことを知っていて、わたしに一切近づかなくなった。だから、遠足や社会の研究発表で好きな者同士でグループを組めと言われる時間が、いちばん苦痛だった。

そんな人生だから小学校も中学校も、もちろん高校も、休日に友だちと遊びに出かけることなんて一度もなかった。高校生ともなれば男の子と出かける女の子だって普通にいるし、徳川さんだってたぶんそういう女の子だ。でもわたしは女の子と出かけること自体、人生において正真正銘の初めてだ。

問題は、服がない、ということだった。おしゃれに興味がないから服はお母さんが買ってきてくれたものを適当に着るだけで、ファッションセンスのかけらもない。タンスの中に入っていた服を全部引っ張り出してベッドの上に並べてみたけれど、どれも色がなく地味で、まるでボロ雑巾だ。徳川さんはきっと私服も可愛いだろうから、こんなものを着ていったら徳川さんに申し訳ない。

悩んだ末、中学生の頃に余所《よそ》行き用として買ってもらった紺のワンピースにした。衿《えり》の真ん中についた控えめなリボンといい、袖のところでひっそり主張している飾りボタンといい、高校生の休日のお出かけにしては畏《かしこ》まり過ぎているデザインだけど、これしかないんだからしょうがない。お母さんのお下がりの黒いハンドバッグを合わせると、まるでクラシックのコンサートにでも行くような恰好《かっこう》になった。それでもボロ雑巾よりはましだ。ごめん、徳川さん。

「出かけるの？」

玄関で靴を履いているとお母さんに声をかけられた。目の下にはくっきりとクマができていて、疲れを物語っていた。

「うん。ちょっと……友だちと」

そう口にする時、少し胸が高鳴った。徳川さんのことを友だちと呼んでいいのかよくわからないけれど、友だちと出かけると言って、お母さんがどう反応するのか、ちょっと興味があった。友だちができた事実を喜んでほしかった。

「あら、そう。お母さん夕方には出かけるけど、遅くならないうちに帰るのよ」

お母さんはそれだけ言って、ふっと背を向けた。胸のドキドキが痛みに変わった。お母さんはわたしのことが嫌いだと思った。それは違った。正確には、嫌い以下。興味すらない。


わたしと徳川さんの家は離れていたので、待ち合わせ場所は目的地の近くにした。ターミナル駅の改札を抜けてすぐ、時計台の前。ここは有名な待ち合わせスポットらしく、日曜日の今日は混雑していた。メッセージアプリで徳川さんからの連絡を確認する。病院で会った日、ＩＤ交換しようと言われ、そもそものアプリ使ってないと言うと『ええっ今どきそんな人いるの⁉　信じらんない』と驚かれた。その後、徳川さんに教えられながらあたふたと登録したので、まだ操作に慣れてない。《2》と通知が来ていて、それでメッセージがあるのだと気付く。

『もうついてるよー！　待ってるね』

二番目の通知は、うさぎが笑った顔のスタンプだった。

「わぁ、城野さん、可愛いじゃーん！　よく似合ってる」

会うなり満面の笑みでそう言う徳川さんこそ、ブラウスにショートパンツの私服がキマっている。腕も脚も細くてお人形みたいで、渋谷や原宿を歩いていたらすぐにモデルにでもスカウトされそうだ。長い髪は器用にまとめて、編み込みにしてあった。いつもは隠れているうなじが白く輝いている。

そんな徳川さんを前に、ぎりりと緊張が走った。わたしと徳川さんがお出かけ。それって、この世でもっともありえない、というかあっちゃいけないシチュエーションなんじゃないだろうか。これから数時間ふたりっきりで過ごすの？　無理。絶対無理。いや、今さら無理って言ったって約束した以上、そして来てしまった以上、しょうがないんだけど。

「と、とと、徳川さんこそ、可愛いよ」

緊張でつい、どもってしまう。徳川さんはアップにしてある髪に手を当てる。

「えーこんなのめっちゃ手抜きだよ！　髪、巻くの面倒だから結んじゃったし」

「そ、そんな結び方、わたし、できないし。器用なんだね」

「別に難しくないよー。城野さんもやってみる？　あ、でも、城野さんの長さだとちょっと難しいか。髪、伸ばさないの？」

「伸ばしたことない……生まれてからずっと、この髪型」

「えっ、マジで！？」

いきなり大声を出すもんだから、すれ違った男の人ふたり組がびっくりしてこっちを振り返った。

「あたし、髪型変えたことない人初めて見たー！　伸ばしなよ！　城野さん、きっと似合うよ」

「そ、そうかな。わたしなんかがおしゃれしたところでおかしいだけだと思うけど」

「おかしくないって！　せっかく女の子に生まれたんだから、女を楽しまなきゃ損だよ！」

しゃべって歩きながらも、徳川さんはちゃんとスマホを見て道順を確認している。目的地は駅から徒歩三分。そんなに遠くない。

誰もが振り返る美少女と地味女のちぐはぐな組み合わせ。ハタからはどう見えているんだろう。徳川さん、わたしのせいで笑われていない？　ていうか、いつも遊んでいる友だちに見つかったら、どうするつもりなんだろう。

「よし。目的地到着」

店の前で徳川さんが足を止め、最終ダンジョンを前にした勇者のように腕を組み、店構えを好奇心いっぱいの顔で眺める。

そこは、高校生にはとても不釣り合いな純和風の凝った店構えで、お子ちゃまお断りですというオーラをばしばし出しまくっていた。なんのお店かというと、お寿司《すし》。もちろん百円でマグロが食べられる回転寿司じゃなくて、富裕層の方々が通いなさる高級寿司店だ。

なんでこんなところに来たのかというと、徳川さんが「じゃあまずこれからトライする！」と選んだ「死ぬまでにやりたいこと」が、「回らないお寿司を食べに行く」だったから。

「城野さんの恰好、敵陣に乗り込むにはぴったりだね」

「そ、そう？」

「そうだよ。いいとこのお嬢さんが、パパのお小遣いでその友だちとランチ。今日はそういう設定だね」

「な、何その設定……てか、これからご飯食べに行くところが敵陣なの？」

「単なるたとえじゃーん！　城野さん、いいツッコミするねぇ」

病人とは思えない力でばしんと背中を叩かれ、わたしたちはいざ、敵陣へと足を踏み入れる。

お店に入ると、店員さんはさすがプロだから一流の店らしい一流の接客でわたしたちを席へと案内してくれた。でも、他のお客さんたちからチラチラと、こちらを窺う訝《いぶか》しげな視線を感じた。やっぱり小娘がふたり、こんな高級寿司店に入ってくるというのはおかしいんだ。徳川さんの設定どおり、いいとこのお嬢さんとその友だちだと思ってくれたら嬉しいけれど、ブラックなバイトで稼いだお金をこんなところで浪費するけしからん十代だと思われていたら……なんて考えてしまって、出されたお茶が変なところに入りそうになる。

「あ、あの。徳川さん」

「ん、何？」

「確認するけど、今日のお代は、徳川さん持ちってことでいいんだよね……？」

事前にメッセージアプリで徳川さんは言ってきた。ターゲットはここに！　県内随一の高級店！　お代は全部あたしが払うから特上トロ遠慮せずに頼みなさい、と。

「もっちろん。あたしが誘ったんだから」

「で、でも……本当にいいの？　ここ、確実にひとり一万は超えるよ？」

「あたしが死ぬ前にやりたいことノートつけてるって言ったらさ、親泣き出して。じゃあ将来の進学費用にとっといたお金全部渡すから、これでやれるだけやってみなさい、ただし身体に無理はしないでって」

「それ……切ない話だね」

「でしょー？　でもそんな泣ける話のわけで、あたし今、超絶金持ちなのっ‼」

にかーっと笑う徳川さんの顔の横に、今にもぽわんと札束が現れそうだ。

この子、本当にあと半年で死んじゃうんだろうか。

たしかに余命宣告されたはずなのに、嘘なんてつくわけもないのに、今さら疑ってしまう。

「徳川さん、病気なんだよね？　食べちゃいけないものとかあるんじゃないの？」

「あるけど、大丈夫！　事前に頼みたい寿司ネタピックアップして、いけるものいけないもの、主治医にもチェック済みでーす」

「へー。しっかりしてるんだね……」

「そこは抜かりなしよっ！　ほら、おねーさんおごるから城野さんどんどん食べて」

「どんどんって言われても……」

回らない高級寿司店で徳川さんははしゃぎにはしゃぎ、どう見ても余命宣告されている人とは思えないほどの食欲をみせた。特上トロ。サーモン。穴子《あなご》。イクラ。雲丹《うに》。苦手なはずの雲丹は特上だからなのか、高級店だからなのか、舌どころか脳までとろけそうなほどおいしくて感激した。途中からわたしも食べることに夢中になった。ハマチ。ビントロ。海老《エビ》。烏賊《いか》。鰹《かつお》。帆立《ほたて》。鰻《うなぎ》。

「わたし、こういうご飯って久しぶりかも」

お腹が腹八分どころか腹十二分ぐらいまで満たされた頃そう言うと、徳川さんが目を丸くした。

「久しぶりって、何それ？　前もこんなすごいお店来たことあるの!?」

「いや、そうじゃなくて。誰かと一緒に笑ったりしゃべったりしながらご飯食べるのって、ほんと久しぶりだなぁ、って思って……」

やばい。これ以上続けたら悲しい話になる。そう思って言葉を飲み込んだのに、徳川さんは真摯な視線で続きを促してくる。

「どういうこと？」

「わたしはお母さんとふたり暮しで、お母さんは仕事忙しいから食事の時間がかぶることあんまりないし。学校ではお昼、いつもひとりだし……」

「城野さんは」

徳川さんが正面からじっとわたしを見据える。ひとの視線は相変わらず苦手だけれど、徳川さんのきれいな目はなぜか気持ちを落ち着かせる。

「あたしのグループ、入りたい？」

「……へ？」

「城野さんも知ってるでしょ、あたしと乃慧と亜弥と香菜で四人グループ。お昼も一緒に食べるから、もし嫌じゃないなら城野さんも一緒にと思って」

「そ、そそそ、そんなの無理！　とんでもない!!」

店員さんとお客さんが思わず振り向くほどの大声を出してしまって、慌てて俯《うつむ》く。どうしよう。徳川さんに恥をかかせてしまった。罪悪感と恥ずかしさで顔が熱い。火が出るどころか、核爆発を起こしそうだ。

「あはは、そんなムキになって否定しなくてもー。そんなにうちのグループ、嫌？」

冷静に考えればものすごく失礼なことを言ってしまったのに、徳川さんはそう言ってケラケラと笑ってくれる。いよいよわたしの頬は真っ赤だ。

「い、嫌とか、そういう意味じゃなくて。その、なんて言えばいいのか……」

「いいよ、いい。言いたいことなんとなくわかるから。それに、城野さんが駄目ならあたしも無理には誘わないよ。でも」

徳川さんはきれいな形に頬杖をつき、睫毛の長い目でゆっくり瞬《まばた》きして言った。

「でも、そんなに卑屈《ひくつ》にならなくてもいいんじゃない？」

「卑屈……かな。わたし」

「うん。城野さんって、わたしなんかとか、わたしなんてとか、そういう言葉が口グセになってるんじゃない？」

「そう……だけど」

「それが城野さんなんだろうけど。でもあたしは城野さんに、なんかとか、なんてって思ってほしくない」

ことん、と胸の柔らかい場所が動いた。

徳川さんは、優しいだけじゃない。同情という自分がもっとも嫌うもので関係を作ろうとしているわけじゃない。わたしのことをちゃんと考えて、受け入れて、言葉を紡《つむ》いでくれてるんだ。

「――て、また、なんで泣くのさっ‼」

泣いたのなんて自分でもびっくりで、気が付いたら視界が丸めて伸ばしたラップみたいになっていて、徳川さんがさっとティッシュを差し出してくれる。この前もこうやってわたし、泣いてしまった。悲しい涙じゃなくて嬉しい涙をもう、二回もこの人の前で流している。

「ご、ごめん。なんか、ほんと嬉しくて……」

「わかったわかった、嬉しいのはわかった、だから泣くなーっ！」

「ごめん。いつもはこんな、泣き虫じゃないはずなんだけど……」

「あーなんかほんと、城野さんって面白い！」

にやっと笑って、それからはたと思いついたような顔をする。

「ねぇ。下の名前、なんだっけ？」

「え……絆、だけど」

「可愛い名前じゃん」

この名前が実はコンプレックスだ。城野絆って、まるで芸能人みたいで、名前負けするって陰で言われていたことも知ってるから。

「じゃあこれからあたし、絆って呼んでいい？　あたしのことは郁、で」

「えー!?　なんで徳川さんじゃ駄目なの!?」

「名前は気に入ってるけど、苗字《みょうじ》がほんとに嫌いなんだよ！　歴史の授業のたび、男子がこっち見てクスクス笑うの。なんで徳川将軍は十五代も続くんだよ！」

まったく事情は違うけど、名前にコンプレックスを持っているという点は共通している。それを発見してほかりと心が温かくなった。

「じゃあ……郁ちゃん」

「ちゃんもいらない。郁、で」

「えー、それはちょっと」

「ちょっとじゃない。ほら呼んでみて！」

「……郁」

「声ちっちゃ。でもよくできました」

そう言って徳川さん改め郁は、ぽんぽんとわたしの頭を撫《な》でてくれた。

なんだか付き合いたての初々しいカップルみたい、こんなシーンいつか気まぐれで読んだ少女漫画にあったよなぁ、この場合は女の子同士だけど。そんなことを考えて、くすっと笑った。

第二章

夏

駄目。もう無理。こんなの拷問《ごうもん》。

胃に鉛でも放り込まれたようなひどい胸やけでグロッキーなわたしを尻目に、郁はぱくぱくフルーツタルトを頬張っている。たしかそれ三個目。いったいどれだけ食べれば郁の胃は満足するのか。食事制限は大丈夫なのか。

日曜日の午後、ケーキバイキングの店は女性で溢れかえっていた。中高生から主婦まで、どのテーブルでもおしゃべりに花が咲き、店内に漂うケーキの甘ったるい香りに酔いそう。スイーツてんこ盛りのリア充空間。中にいる人はみんなきれいでおしゃれ。こんなお店、郁とじゃなかったら一生足を踏み入れることはなかっただろう。

「ねぇー絆、さっきから全然食べてなくない？　どうしたのよー」

「だって、甘いものばっかり何個もキツい。胸やけやばい。お腹が破裂しそう」

「そんなんじゃ元、取れないじゃん。あ、軽食コーナー行って来れば？　サンドイッチとかパスタあるよ」

「それも今入んない。だから言ったのに、わたし小食だよって。てか、こういうのは乃慧さんたちと相当行ってるんじゃないの？　わざわざリストに加えなくても」

「でも、絆と来たかったんじゃん！」

なんて、タルトの屑《くず》をくっつけた唇で言われて嬉しさがじいんと染みる。郁はいつもこういうことを素直に言うから、いちいち照れくさくて反応に困る。

高級寿司店以来、土日は毎回郁に付き合っている。郁が高校生の自分にとりあえず実現可能なこととして挙げた「死ぬまでにやりたいこと」は、どれも他愛もないものだった。「幼稚園の頃遠足で行った遊園地にもう一度行く」「猫カフェで猫と戯《たわむ》れまくる」「一流ホテルのラウンジで一杯千五百円のコーヒーを飲む」ｅｔｃ．……。

郁はわたしといる時いつも楽しそうだけど、いつからか、疑問に思うようになっていた。これらは郁の本当に「死ぬまでにやりたいこと」なのか。

遊園地も猫カフェも一杯千五百円のコーヒーも、「死ぬまでにやりたいこと」じゃなくて、「気を紛らわすためにしたいこと」なんじゃないだろうか。

わたしが見る郁はいつも笑っている。遊園地でジェットコースターに喚声を挙げ、猫カフェで幸せそうに猫を撫で、大きな目を細めてコーヒーを飲んだ。あんまり郁が明るいから、とてもこれから死んでしまう人には思えないから、目に見えているものがこの子の本物の感情なのかと疑ってしまう。

だって、あと数か月で死ぬんだ。自殺願望を心に秘めたわたしでさえ、死は恐怖だ。誰も知らない世界に放り込まれるってことなんだから。死んだらどうなるのか、絶対わからないんだから。ましてや生きることが楽しくてしょうがない郁だったら、死に奪われる何十年もの時間を思って悲しくなったり苦しくなったりするはず。

そういう本物の感情と向き合いたくなくて、郁はノートに心躍《おど》る楽しい計画を書き綴っているんじゃないだろうか。

「絆はさー、中学時代、どんなんだった？」

やっとケーキを食べる手を止め、のんびり紅茶を啜《すす》りながら郁が言う。ついに来たか、と両手でカフェオレの入ったマグカップを握りしめる。ふたりで遊んでいたら、いつかは聞かれることだと思ってた。いちばん聞かれたくないことなのに。

「どうって……別に普通。今とあんまり変わらない」

「部活やってなかったのー？」

「一応やってた。パソコン部」

自分で言いながら、スクールカースト最下層に相応し過ぎて苦笑いしたくなる。週一回しか活動しないパソコン部は、わたしと同じようにぼっちでコミュ障の人ばかりが集まってたから、居心地がよかった。みんな適度な距離感を保って人間関係を持つし、誰かと親しくならなければならないという強迫観念からも自由。少人数制で、面倒見のいい顧問の先生の元で、みんな淡々とパソコンに向かってた。

「へー、じゃあパソコン詳しいの？」

「詳しいってほどでもない……簡単なプログラムとかなら、作れるけど」

「え、マジそれすごいじゃん！　今度作ってみてよ、プログラム」

「えー。本当に簡単なのだよ」

「それでもすごいよ。よし、ノートに書こう。『絆にプログラムを作ってもらう』」

「ちょっとそれ、郁のやりたいことじゃなくてわたしの宿題じゃない」

わたしの言葉なんてお構いなしに意気揚々とノートにペンを走らせる郁を見ながら、プログラムって言われてもいったい何を作ればいいのかと考え込んでしまう。もしかしてすごいものを想像されていたりして。

「郁は？　中学時代、何部だった？」

「本当はねーバスケ部かテニス部に入りたかったの！　でもお医者さんから、激しい運動は禁止だって言われて。で、演劇部」

「演劇部か。郁だったら当然、主役だろうね」

「お、よくわかったね」

郁が楽しい過去を懐かしむ顔になった。ちょっと羨ましくなる。わたしには振り返ってあの時代は良かった、この時代は良かった、と言える思い出がない。

「演劇部の晴れ舞台は文化祭で、主役は毎回三年の中から選ぶんだけどさ、その年はあたしが選ばれて。でも、笑っちゃうよ！　脚本を書いた子がちょっと変わってる子でさ、話がシュール過ぎるの。木から見たいろんな人たちの話。だから主役が木。台詞《せりふ》ひとこともなし。顔、幹と同じ茶色に塗られてただつっ立ってるだけ」

「それ……普通は端役中の端役じゃ」

「そうなんだよねー。しかも話もわけわかんなくて超つまんないから、拍手めっちゃパラパラだった。寝てる人もいたし。伝説的な演劇部ダダ滑りになったよ」

「いいなぁ、そういうの」

「や、全然良くないって！　ダダ滑りだったんだよ？　今の話ちゃんと聴いてた？」

「そうじゃなくて。ひとに話せる思い出があるって、いいなって」

唇が笑いの形に歪む。郁のものとは違う、胸の痛みを隠す、痛い苦笑い。

「わたしには、ないから。振り返って楽しかったって言える思い出、ひとつもない」

郁の顔が固まる。隣のテーブルに座るカップルのおしゃべりが、耳ざわりなBGMだった。

「郁はいいな。そういう思い出、他にもたくさんあるんだろうね。普通は、高校生ぐらいになったら、ひとに話せる楽しい思い出がひとつやふたつはみんな、あるものなんだろうね。でもわたしには、それがない」

「絆」

郁の瞳がまっすぐわたしを見つめるから、怒られるんじゃないかと思った。

「だったら、これから作ればいいじゃん。楽しい思い出」

「……これから？」

「そう、これからだよ。もうすぐ死んじゃうわたしと違って、絆にはまだ、時間がたっぷりあるんだよ。その中で楽しい思い出、たくさん作ればいいじゃん。だから」

郁は、微笑んでいた。でも相変わらず鋭い声で、ずばりと言った。

「自分には思い出がないなんて、悲劇のヒロインぶるのはやめて。死ぬのは、わたしにも誰にもどうにもできないことなんだよ。でも絆は、これから自分の力でどうにでもできる。絆はちっとも可哀相《かわいそう》な子じゃないんだよ」

可愛い顔は優しかったけれど、郁は怒っていた。

わたしは悲劇のヒロインぶってたんだろうか。自分のことを、可哀相な子だって思ってたんだろうか。

そうかもしれない。だって、SNSに病んだ言葉を書き綴るのが楽しかったから。

自分の書いたことに、いいねを押してくれる人がいる。同情のコメントをくれる人がいる。いつのまにか見てくれる人も増えて、SNSの世界にどっぷりハマっていた。いいねの数だけ、誰かに肯定されているような気がした。自分で自分を「いいね」してあげられないから、誰かの「いいね」に依存してしまう。イタいなって自分でもわかっていたけれど、止められなかった。

わたしが悲劇のヒロインぶってるだけのただのイタい子なら、郁は本物の悲劇のヒロインだ。まだ高二なのにもうすぐ死んじゃうなんて、ドラマや映画の中にあるような悲劇を小さな身体で背負っている。

そんな郁からしたら、同情を欲しがるわたしの生き方は許せないだろう。

「できるかな。こんなわたしでも、楽しい思い出、作れるかな」

郁が手を伸ばしてきた。マグカップを握りしめるわたしの手の上に、郁の白い手が重なる。初めて触れる郁は、あったかかった。

「絆は楽しくなかったの？　回らないお寿司、遊園地、猫カフェ、ホテルラウンジ。そして今日のケーキバイキング」

「楽しかったよ。とても」

「じゃあそれ、もう思い出じゃん」

郁の口調が緩んでいた。歯を見せて笑う郁は儚《はかな》かった。あと数か月で死ぬ運命だと知ってるから、そう見えているわけじゃない。

抗《あらが》いようもない死のヴェールがすっぽり郁を包んでいるのが、超能力者じゃないわたしにもちゃんとわかった。

ケーキバイキングの店を出た後、ふたりでターミナル駅へ向かい、改札をくぐる。日曜日の夕方の駅は混んでいて、壊れたハチの巣の中の虫たちみたいにひとがうじゃうじゃしていた。季節は六月の折り返し地点を過ぎていて、電線が走る空は雨をいっぱいに溜めたシルバーグレーの雲で覆われている。昼頃に家を出る時には小雨が降っていた。この後もまた降るかもしれない。

「あのね、郁」

電車に乗って、ふたり並んで座って、真正面のガラスに映った自分たちの影を見つめながら、ぽつんと言った。斜め前でつり革を握っている、超高速の英語を操る外国人のグループにかき消されそうなその声を、郁はちゃんと聞き取ってくれた。

「なに？」

「中学時代どんなんだったかって、さっき聞いたでしょ」

「うん」

「さんざんだった。思い出したくもない。わたし、いじめられてたんだ」

「やっぱり」

「やっぱり、って」

ずいぶん失礼な発言だなと思ったけど、深刻な顔をしないで微笑んで受け止めてくれているのが、むしろありがたかった。

「絆がSNSにあんなこと書いちゃうのは理由があると思ったし、いちばんに考えられる理由はそれだと思ってたよ。学校での絆見てても、そんな感じだし」

「始まりはね、小学校に上がった頃だった。砂場でリンチされて、大問題になった」

「リンチか。大変だったね」

うん、と小さく頭を動かす。電車の窓から見える景色が繁華街を離れて、徐々に住宅街に変わっていく。

「先生はいじめた子をすごく厳しく叱ってくれて、それからは逆に腫れ物扱いされるようになって。わたしに関わったらいじめっ子だって思われる、みたいな」

「あぁ。なんとなく、わかるような気がする」

「それで小学校六年間はずっと友だちなし。いじめは陰険な、それとわからないような感じでちょこちょこやられてた。上ばき隠されたりとか、教室の後ろに貼ってある遠足の写真のあたしの顔だけフェルトペンで真っ黒に塗りつぶされてたりとか」

「いたなぁ、あたしのクラスにも、そういう子」

「中学になってから、また悪夢だった。紅葉《もみじ》って子のグループにいじめられてたの」

「紅葉か。なんか、年中まっかっかにフラストレーション抱えてそうな名前だね。ストレス発散の生贄《いけにえ》にされてたんじゃない？」

紅葉はスカートが短くて、髪を校則違反の茶髪に染めていて、中学生なのに化粧もばっちりだった。わたしが最初、郁のグループを怖いと思っていたのは、紅葉のグループにいじめられ続けていたせいだ。

いじめは陰湿で巧妙だった。先生たちはいつも紅葉と一緒にいるわたしをその一員だと思ってたし、先生の目があるところでは紅葉は絶対にわたしをいじめてこなかった。つけられたあだ名は「ブス姫」。城野なんてお城に住んでるお姫さまみたいな名前なのに、ブスだから。面白がって男子もそう呼んでたし、わたしに関わろうとしなかった大多数のクラスメイトも、陰でそう呼んでいたことを知っている。

「ブス姫に似合うようにしてあげたの」

そう言って、紅葉はわたしの体操着を校庭の水たまりにわざと落としてドロまみれにした。髪の毛をめちゃくちゃに切られた時はやだーごめん失敗しちゃったと笑われたし、監禁ごっこと称して体育倉庫に閉じ込められ、外から鍵をかけられたこともある。クラスで飼っていた金魚が死ぬと、トイレで無理やり死骸を食べさせられた。必死の思いで吐き出したら、唾液まみれの死骸を顔に押し付けられた。

「かもね。なんの因果か三年間、紅葉とクラス一緒だったんだ」

「それは最悪」

「だから同じ中学の人がひとりもいない、遠くの高校を受験したの。今までのわたしを知る人がひとりもいない環境だったら、もしかしたら友だちができるかもしれないってちょっとは期待してたんだ。でも実際、甘いもんじゃないね」

電車は止まって、うるさかった外国人のグループが一斉に降りていって、また動き出した。ゆっくり加速する電車の中、郁は窓に薄く映るわたしたちの影を見つめた。

「絆は、どうしたい？」

「どうしたいって？」

「その紅葉って女に、復讐《ふくしゅう》したいと思わないの？　絶対許せないんじゃないの？」

「そりゃ、そうしたいよ。同じ目に遭わせてやりたい。死んでも許せない」

中学の時、わたしは何度も神様を呪った。紅葉みたいな女をのうのうと生かしている神様に。悪いやつに天罰ひとつ落とせないなんて何が神様だ、と。

地獄から脱出できた今は、少し違う。わたしは神様を呪うんじゃなく、紅葉自身を呪うべきだった。

「じゃあさ、そうしようよ」

思わず隣にいる郁を凝視していた。郁は静かに怒っていた。カラコンを入れた茶色い瞳が、怒りに燃えていた。

「復讐しようよ。同じ目に遭わせてやろうよ。その、紅葉をさ」

「そんなこと。できるわけない」

「できるよ。あたしも手伝うから」

郁がバッグの中からノートを取り出した。死ぬまでにやりたいことノートは、もう半分くらいまで使われていた。全部は見せてもらっていないそのノートに、遊園地や猫カフェ以外に、どんなことが書いてあるのか、わたしは知らない。

「紅葉に復讐する、と。ちゃんと書いとくね」

「ちょっと待って。それはわたしの問題で、郁の問題じゃない。それに郁には時間がないんだから、わたしのために無駄なことしてる暇なんてないよ」

「時間がないのは、やらないって理由にならない。時間がないからこそ、本当にやりたいことをやるんだよ」

迷いのない口調できっぱり、郁は言い切る。

復讐なんてできない。同じ目に遭わせるなんて、現実的に考えたらまず無理。

そう言おうと思ったけれど、郁の横顔は可能性を信じていたから、言えなかった。

どうして郁は、こんなにまっすぐに信じることができるんだろう。可能性とか希望とか、そういうきらきらした、わたしにはまったく縁がなかったものを。

あと数か月で死んじゃうっていうのに。

いや、あと数か月で死んじゃうんだから、だろうか。

電車が止まり、ぷしゅうと扉が開く。同い年ぐらいの男の子のグループが乗り込んでくる。大きな笑い声とおしゃべりが鼓膜を強行突破してきた。

「俺は断然アミ派。ミナとか、トシ取るとただのおばさんになりそうじゃん」

「えー俺はミナだけどな」

「俺はアミ」

「和義《かずよし》はー？」

流行りのアイドルの話題で盛り上がっている男の子たちを、郁が凝視した。

和義、と呼ばれた男子がこっちを見た。郁と視線がぶつかる。

「俺は――」

「郁」

その口から放たれる郁の名前。意志の強さを表すような濃い眉をした浅黒い男の子の顔が、驚いていた。

「……あんた、こんなところで何してるの？」

郁がものすごく冷たい声を出した。動揺をごまかしているような口調だった。

「何って。カラオケの帰りだけど。郁は？」

「あたしはケーキバイキングの帰り」

「ふうん。隣、友だち？」

「そうだけど？」

そこで初めて「和義」のグループがわたしに視線を合わせる。ひとの視線に慣れていないわたしには、好奇の目が面はゆい。

「おい、こっち空いてるぞー」

男の子たちは車内の奥のほうに空席を見つけ、そちらにぞろぞろと歩いて行った。和義くんは郁に何か言いたげだったけれど、郁はもう彼を見ようともしなかった。

誰かに対してこんな冷淡な郁を、初めて見た。

「今の子、和義の友だち？　すっげー可愛くねぇ？」

ひそひそ話のつもりなんだろうけれど、抑えた声はこっちまで届いている。郁は自分のことを話されていると知っていて、そっちを見ようともしない。

「同じ高校だよ」

和義くんの声もこっちを気にしているのか控えめだった。

「マジか、あんな可愛い子いたんだな、うちの学校に」

「にしても友だちのほう、全然雰囲気違くね？」

「なんで仲良いんだろうなー」

素直な感想に思わず傷ついてしまう。郁がスッとわたしの耳に顔を寄せてくる。

「あいつ、広瀬《ひろせ》和義。小中一緒だったの。だからあいつだけは病気のこと知ってる」

「……そうなんだ」

「うん。余命のことも知ってるんだ。親が言っちゃったらしくて。仲良いからさ、親同士も。学校で言いふらさないよう、口止めしてるけど」

そこでため息をつくような間がしばらく、あった。

「絆も、誰にも言わないでね」

言葉が見つからなくて、頷くしかなかった。

次の停車駅はわたしの最寄りで、そこで郁と別れて電車を降りた。小中同じだった和義くんはきっと郁と同じ駅を使う。この後またふたり一緒になるかもしれないと思ったけれど、その後のメッセージのやり取りで、郁は和義くんに関してはひとことも触れてこなかった。


人間の性格というものは、いったいいつ頃形成されるんだろう。

子どもは将来世の中のお役に立つため、学校で教科以外の勉強をいろいろやらされる。日直や掃除に始まり、委員会活動や部活、ホームルームでの話し合い、ぼっちのわたしにとっては憂鬱の種でしかない体育祭や文化祭その他もろもろ、学校行事への強制参加。

そういうものは実は全部、無駄だったりするんじゃないだろうか。

だって、三つ子の魂百までって言葉がある。三歳までに人間の核というか、中心みたいなものが決まってしまって、その後はいくら自分で気を付けようと親に矯正されようと、三つ子の魂は直らないってことだ。豆腐が大豆にならず、チーズが牛乳にならないとのと同じで。

何が言いたいのかというと、わたしがなんでこんなに暗くてネガティブな性格になってしまったのか、当のわたし自身にもまったく心当たりがないということ。ひとり親でこそあるけれど、別に虐待もネグレクトもなかったし、心根が歪むような家庭環境じゃない。気が付けばわたしは、幼稚園でひとり浮いていた。他の子と一緒に遊ぶことを好まず、自由時間にひとりで絵本を読んでばっかりいたわたしは社交性のない子どもというレッテルを貼られた。大人から勝手に貼られたレッテルは、成長するにつれていじめられっ子という肩書きに変わった。

当人でもどうしようもない性格に対して、小さな子どもは残酷だ。暗い子は容赦なく、他の子どもたちの残酷な欲求の対象にされる。人間にはきっと誰しも残酷な部分が備わっていて、チョウの羽根やバッタの足をもぐのと同じ気持ちで、ひとはひとをいじめる。

それでも中学生ぐらいになればやっていいことといけないことの違いぐらいわかるはずで、紅葉がわたしにしたことを「所詮子どものしたこと」で済ませちゃいけないわけで。だからといってこんな解決の仕方は、小中九年間ずっといじめられっ子と呼ばれ続けたわたしには思いつかなかった。

「郁。やっぱやめるって言ったら、怒る？」

「別に怒らないよ。でもスプーン一杯分ぐらい、絆のこと嫌いになるかも」

郁の言うスプーンがどれくらいの大きさなのかはわからないけれど、針の先ほどでも郁に嫌われるのは嫌だった。

一度これと決めてしまうと、郁が行動するのは早かった。ノートに紅葉へ復讐すると書いたその夜には、アプリで明日紅葉ん家《ち》突撃しようと提案してきた。好都合なことに、いやむしろこの場合、不都合なのかもしれないけれど、わたしは紅葉の家を知っていた。自宅から徒歩二十分の距離に、紅葉は住んでいる。ここ数年開発されたばかりの新しい住宅街は、外国の家みたいに小洒落た立派な住宅が建ち並んでいて、なかでも紅葉の家は目立っていた。オレンジ色の外壁に玄関を彩る薔薇《ばら》のアーチ、ローマ字で家族の名前が並べられたスタイリッシュな表札、どっしり鎮座《ちんざ》する高級車。

その家を見て紅葉ってお嬢様なんだな、そもそもわたしとはスタート地点が違うんだなと思ったことを、今でもくっきりと覚えている。

その家が視界に入った途端、わたしの足が止まる。隣を歩いていた郁が二歩過ぎ行き、振り返る。

「どうしたの？」

「ついた。紅葉ん家、そこ。あの、オレンジ色のやつ」

「あれかぁ」

郁がまじまじと紅葉の家を眺める。紅葉の家が目の前にあるだけで、紅葉を前にしているかのように心臓が不穏に高鳴る。

中学の時、わたしはいつもこうして怯えて過ごした。いつどんな形でいじめが襲ってくるかわからないから。それはいつ地震が起こるかビクビクしながら過ごしているようなもので、今から思えば異常なことだったと思う。

「紅葉、中にいるのかな？」

「わからない……」

「じゃ、とりあえずピンポン押してみよ」

「えっ」

「えっ、じゃないよ。なんのためにここまで来たのさ」

「いや、でも、そんなの無理……」

郁が一緒にいてくれるんだとしても、わたしに何ができるだろう。わたしにとって紅葉は憎しみの対象であるのと同時に、恐怖の対象でもある。会ったらまた何かされるんじゃないか。そんな恐怖に縛り付けられて、足が一歩も動かない。

「マジちょーウケるっ」

聞き覚えのある声にびくりと身体が反応する。その顔を確認した途端、反射的に郁の袖を引っ張っていた。え、ちょっと、何すんのと戸惑った声を出す郁の口を塞いでいた。咄嗟《とっさ》に取ってしまった強引な行動に自分でも引いていた。

「紅葉ってばありえなー。彼氏に冷たスギ！　ウケるんだけどー」

「だってさー、男なんて優しくしたらつけあがるだけじゃん？」

電柱に身を隠しながら、近づいてくる紅葉と友だちをじっと見ていた。紅葉は中学の頃よりも派手になっていた。茶髪はほとんど金髪と言ってもいいほど明るくなり、耳には何個もピアスの光。背中のリュックにはマスコットや缶バッジがいくつも付いていて、おもちゃ箱の中みたいに賑《にぎ》やかだった。

郁は、何も言わない。わたしの肩ごしにじっと紅葉たちを見つめているだけだ。

「今日さー泊まってくでしょ？　夜とか一緒にDVD観《み》ようよー」

「いいねぇ。なんか怖いやつ見たい気分！　『SAW《ソウ》』とか！」

紅葉とその友だちが薔薇のアーチをくぐり、玄関の向こうに入っていくのを見届けてから、わたしはくるんと踵を返した。さっきまでバクバクいっていた心臓がしんと静かになり、大きな感情が音もなく弾《はじ》けたのを感じていた。

「絆？　絆、どうしたの！　絆ってば！」

駆け足で追いかけて来た郁に腕を引っ張られる。道端で立ち止まり、向かい合うわたしたちを自転車で通り過ぎる人が好奇の目で見つめていた。肘のちょっと下あたりを握る郁の力が強い。逃げるな、と体で郁が言っていた。

違うんだ。これは、逃げるわけじゃない。

「もういい。復讐とか同じ目に遭わせるとか、そういうの、どうでもよくなった」

「なんで？　今の笑顔見て、絆は許せないと思わなかったの？　絆をひどい目に遭わせた奴《やつ》が、今も反省ひとつしないでのうのうと生きてるんだよ？」

「いいんだよ、それで。紅葉はきっと反省も後悔もしない。わたしをいじめたことすら、大したことじゃないって忘れてる。そんな人間がちょっとやそっと仕返ししたくらいで変わるとは思えない」

言いながら理解する。わたしは紅葉に変わってほしかったのだと。わたしの苦しみを受け止めて、とんでもないことをしてしまったと後悔してほしかった。

わたしがしたかったのは復讐ではなく、反省させることだ。

「変わらないんだから、なんにもする必要ないの。変われるとしたら、それは紅葉じゃなくてわたしなんだよ。死ねってたくさん言われたわたしが死にたいってずっと思ってたら、それはもう紅葉の思い通りだもの。紅葉は変わらない、いじめられた過去も変わらない。だからわたしは、自分を変えたい」

わたしが物心ついた時には既に暗い性格だったのと同じで、紅葉もきっと誰にもどうにもできない部分で、平気でひとにひどいことをできる性格が備わってしまったんだろう。そんな紅葉を変えるなんて、不可能だ。

紅葉は今までもこれからも、深く考えることなしにひとを傷つけ、貶《おとし》めて生きていく。いつか他人にやってきたことが自分に返ってきたとしても、それが自分のせいだなんて露ほども思わなくて、誰かに一方的に怒りと憎しみをぶつけて終わるだろう。紅葉はそういう人間だ。

でも、紅葉の歩く道とわたしの歩く道が交わることは二度とない。

腕を握る郁の手がふわりと離れた。

「変えたい、か」

自分の発した言葉をひとつひとつゆっくりとなぞるように、郁が言った。梅雨空を飛行機が横切って行って、ぶぉんという唸《うな》りが耳を揺るがした。

「絆がそんなふうに思えるのって、すごいことだよね」

「わたしも、自分がこんなこと言えるようになるって、すごいなって思ってる」

ずっと、耳を塞いで生きてきた。眩しい日差しから。お母さんの鋭い声から。クラスメイトの笑い声から。それは間違いなくいじめの後遺症で、そんな生き方をしてしまったら紅葉の望み通りだ。それにようやく気付いた。

「うーん。あたし、突っ走っちゃったかな」

ようやく郁が笑ってくれた。同じ駅で降りて歩き出してからずっと郁は顔をこわばらせていたから、笑顔を見せてくれるだけでふっと心がほぐれていく。

「絆がいじめられてたって知って、許せなくて、じゃあ復讐してやるって。あたしが勝手に、思ってただけなのかもしれない。絆の気持ち無視して。なんかごめんね」

「ううん。ここで今の紅葉を見なかったら、自分を変えたいなんて思えなかった」

口にしてから思う。自分を変えるって、どうすればいいんだろう。ずっといろんなことを諦めて、嫌なことからは逃げて生きてきた。十六年間の年月で培《つちか》われたこの暗い性格は、今さら変えられない。変えられるとしたら、いったい自分のどこなのか。

「駅前にアイスクリーム屋あったじゃん？　あれ食べてから帰らない？」

「食べたいけど。こんな近所で、郁みたいに目立つ子と一緒にいるとこ、同じ中学だった人に見られたくない」

「ほら、そこ！　自分を変えたいなら、まずその思考を変える！」

ばしんと背中を叩かれる。

ああ、郁みたいになりたい。郁みたいに苦しいことにも屈さずに、前を向いて明るく笑っていられる子になりたい。

そんなことが、自分にできるかどうかわからないけれど。

「あーアイス久しぶり。チョコミント食べたいなぁ」

わたしの中に密かに生まれた憧れの感情になんて気づかない郁は、まだ見ぬチョコミントに思いを馳せている。

SNSの世界に引きこもっていた頃には考えられないほど、毎日が初めての出来事で満たされていく。

たとえば、寝る前の長電話。たとえば、郁の好きな俳優さんが出てるドラマを薦《すす》められて観ること。たとえば、ファストフードで四時間もおしゃべりし続けること。たとえば、電車を二回乗り換えて遠出してロープウェイから山を見下ろすこと。楽しい思い出がひとつもなかったわたしの脳内メモリーに、ひとに語れる思い出が二ケタに増えた頃には、毎日の暑さが本格的になって紫陽花《あじさい》も見ごろを過ぎていた。

『今日の放課後、テスト勉強しに絆ん家に行っていい？』

昼休みにメッセージが来た時は、思わず振り返っていつもの四人グループの中ではしゃぐ郁を凝視していた。わたしと仲良くしていることは内緒だから、郁はわたしと目が合うとにっと微笑んで合図をする。慌ててわたしは身体を戻し、なんて返信しようかとスマホの画面に見入る。

友だちを家に招く、誰もがやってきた当たり前の経験がわたしにはない。だからこんなに唐突に家に行きたいと言われて、息が苦しくなるほど動揺してしまう。

『大丈夫だけどうち、狭いよ？』

『狭くても全然オッケー！』

悩んで送ったメッセージに、郁は拍子抜けするほど明るい言葉とＯＫと大きく書かれたスタンプで返してきた。

放課後、わたしの最寄り駅で降りてすぐ、この前ふたりで入ったアイスクリーム屋の前で待ち合わせる。先に着いていた郁は、辞典でも読むような目つきでじっと虚空を睨んでいた。その顔があまりに神妙だったから、声をかけるのを躊躇《ためら》ってしまう。

郁がそばに来たわたしに気付き、溶けたアイスを味わうような笑顔になる。

「待った？」

「十分くらいね。寿命当てゲームしてた」

「何それ」

「ここ、駅だからいっぱい人通るじゃん？　目の前の人の寿命があとどれくらいか考えるの」

そんなの不謹慎だよ、という言葉が舌の先まで出かかって、すぐに飲み込んだ。普通の子がやったら、不謹慎な遊びかもしれない。でも郁は、たぶんこの十分間でここを通り過ぎたどの人よりも、きっと寿命が短い。

だから郁は自分よりも短い寿命の人を見つけて、安心したいんじゃないだろうか。たとえそれが、自分の身勝手な想像の中だけのことだとしても。

「今通ったおじさんは、あと二十年くらいかな」

小声で郁が言う。郁の視線の先に、スーツ姿の男の人を見つける。頭が半分禿《は》げていてお腹も出ているけれど、たぶんまだ四十歳くらいだ。

「そんなに短いの？」

「だいぶ不摂生してると見た。五十代で癌と糖尿病になって、六十代で死んじゃうんじゃないかな。今の女の人は、あと三十年ってところ」

不吉な予言を告げる魔女のような口調だった。郁が目で差した先には、三十代半ばくらいの痩せた女の人がジーンズの脚をきびきびと動かして歩いていた。

「ええ、採点、厳しくない？　もっと長生きしそうだけどなぁ」

「今の人すごい怒った顔してたんだもん。ストレスは万病のもと。怒ってばっかりいたら、長生きしないよ」

「じゃあ、あそこでバスを待っているおばあちゃんは？」

顎でしゃくって、停留所の前のベンチに座っているおばあちゃんを指し示す。

お年寄りの年齢はよくわからないけれど、七十は超えていそうだった。丸まった背中も四割くらいの白髪も、今にも消えてなくなりそうな儚さを醸し出している。

「あの人は、あと三十年」

「三十年って。百歳超えちゃうよ」

「今どきのおじいちゃんおばあちゃんは、百歳以上普通に生きるんだよ」

なんとなくわかった。郁は自分より短い寿命の人を見つけたいんじゃなくて、長い寿命の人を見つけてそのことを喜んであげたいんだ。

そう思ったらいたたまれなくて、微笑む郁の前で変な顔をしてしまいそうで、何事もなかったように歩き出した。

「うち、ここから十分もかからないよ。お菓子とかないから、スーパー、寄る？」

「寄るー！」

いつものスーパーでポテトチップスとチョコチップクッキーを買った。郁はポテトチップスはコンソメ味じゃなきゃ食べないと決めているので、うすしお味が食べたかったわたしとは少し対立した。結局両方買うということで平和的解決に至る。

家につくと鍵が開かなかった。もしかしてと思って鍵を反対方向に回すと、ちゃんと開く。最初から開いていたらしい。

「絆ー？」

お母さんの声がする。朝早く出かけて行ったから、この時間は病院のはずなのに。

扉を開く手に躊躇いが混じる。郁が通う病院で働いているお母さんと、郁を会わせたくなかった。どうしてなのか聞かれたらうまく説明できないだろうけれど、とにかくそれは駄目だ、という本能的な危機感みたいなものがあった。

「あら」

扉を開くと、玄関に現れたお母さんが郁を見て目を丸くする。その表情からは、お母さんが郁のことを知っているかどうかは読み取れない。

「同じクラスの徳川郁です。お邪魔します」

明るい声で挨拶して、郁がぺこんと頭を下げる。お母さんが目尻を下げた。

「ゆっくりしていってちょうだいね。何のお構いもできないけれど」

「お母さん、今日、仕事じゃなかったの？」

「午前中、急にシフトが変わったのよ。夜勤の人がひとり来られなくなって、代わりに入ることになってね。一度戻ってきて、また今から行くとこ」

「それって、寝てないんじゃ」

「お昼に帰ってきて三時間寝たから大丈夫よ」

お母さんが働いている病院は人手が足らず、しょっちゅうオーバーワーク気味になることは話には聞いていた。改めて大変な仕事なのだなと思う。同時にお母さんの態度が極めて自然で、初めて見る人のように郁に接することを確認して安心する。

コンソメ味のポテトチップスを頬張りながら郁が言う。この先郁とお母さんが患者と看護師として関わり合うかもしれないのだと思うと、小さな頃見ていたアニメがまったく違う声優で再放送されたような違和感を覚えた。

「郁のお父さんとお母さんは何してるの？」

これ以上お母さんのことを話したくなくて、話題を変える。自分の分のうすしお味の袋をびりりと破りながら。

「お父さんは車を直す工場で働いてる。お母さんは市役所勤め。一応、公務員」

「立派な仕事だね」

「他に言うことなくて、そう言ってるでしょ？」

その通りなので押し黙ってしまうと、郁はケラケラと笑う。

「いやでも、本当だよ。立派な仕事。看護師も車の修理工も公務員も。立派じゃない仕事なんてないし、お金をもらって誰かのために一生懸命働くって、素晴らしいことだよね。あたしも仕事、してみたかったなー」

「将来の夢とか、なかったの？」

言ってしまってから、今のは残酷な質問だったと後悔する。どんな夢を抱いても、挑戦するための元気な身体も、他の人には当たり前にある長い時間も郁にはない。

謝ろうとして、でもそれも変だと思い直し、なんにも言えないでいる間、郁はうーんと首を捻っていた。

「幼稚園の頃は、テトラポッドになりたいって言ってたなぁ」

「テトラポッドって。あの、海にずらーっと並んでる岩みたいなやつ？」

「そう」

「郁、あれになりたいの？」

「いや、さすがに今はなりたくないから。幼稚園の頃の話だから。つーかそんなマジな顔しないでよ！　笑ってよー」

自分が笑いながら、わたしの肩をぐいと押す。その力が病人とは思えないほどしっかりしていた。

「ちゃんと理由があるんだよ。うちの県、海がないじゃん？」

「ないね。わたし、小六まで海見たこと、なかった」

「あたしなんて今でもないよ」

「……でも、テトラポッドは知ってたんだ？」

こくり、と郁が頷く。扇風機の風が郁のココア色の髪をふわりと巻き上げる。

「テトラポッドになったら、ずっと海を見ていられるでしょ？　それに生き物じゃないから病気にならないし、機械じゃないから壊れることもないし。あの姿のまま何年も何十年も、仲間たちとずっと一緒にいられるなら、幸せだよ」

幼稚園の頃描いた夢に高校生になった今理由をつけている郁。

郁は幼心にも、どんな夢も叶《かな》えられないと知っていたんじゃないだろうか。

「絆はー？　将来の夢、何？」

「特にないな。昔も、今も」

郁の境遇を思うと、ずっと自分の人生から背を向けて、将来に希望のひとつも抱かず、死にたいとか消えたいとかばっかり言っていた自分が恥ずかしくなる。郁が欲しくて欲しくて、でも決して手に入れられない健康な身体と長い時間を持っているのに、わたしはそれをまったく生かしていない。

「本当に何もないのー？　お嫁さんとかケーキ屋さんとかお花屋さんとか、ひとつくらいはあったんじゃないのー？　ま、これ、五歳女児の将来の夢ベスト3だけど」

「なりたいものは、ない。でもなりたくないものだけは、昔からはっきりしてる」

「なに？」

「看護師。お母さんが、看護師だから」

郁が黙り込み、ポテトチップスを噛んだ。わたしも口に数枚ポテトチップスを運ぶ。ぱりぱりと小気味よい音が扇風機のモーターに重なった。

「絆って、もしかしてお母さんと上手くいってない？」

どう返したらいいのかわからなかった。上手くいっている、と言えば違うし、上手くいっていない、ときっぱり言い切ってしまうのも悲しい感じがする。心を開くことこそできないけれど、お母さんは女手ひとつでわたしを育ててくれた、それは事実だから。上手くいっていないと言ってしまったら、そんなお母さんを裏切ってしまうような気がする。

「ごめんね」

下を向いて郁が言った。

「聞いちゃいけないことだったら、ごめん」

「いいよ。わたしたち、実際、あんまり仲の良い親子じゃないし」

上手くいっていないわけじゃないけれど、仲は良くない。わたしとお母さんの関係をひとことにまとめるとしたら、それがいちばんしっくりくる。

「あのね。保育園の頃の、三歳とか四歳とか、それくらいの話なんだけど」

言いながら、このことを誰かに話すのは初めてだと思う。記憶をなぞるわたしの言葉を、郁は下を向いたままじっと聴いていた。

「お絵描きの時間に絵を描いたの。何を描いたのかもう忘れちゃったんだけど、先生に褒められてすごく嬉しくって。その絵を迎えに来てくれたお母さんにプレゼントしたんだ。たぶん八月とか九月とかのすっごく暑い日で、アスファルトがゆらゆらしてた。前後の会話は、よく覚えてない。カバンを開けて、折りたたんだ絵を自分で広げて、はいって渡した。そしたら」

わたしのいちばん古い記憶だ。動物園に連れて行ってもらったとか、デパートの屋上の遊園地で遊んだとか、ヒーローショーを見たとか、楽しい記憶は他にもたくさんあるのに、どれも輪郭がぼんやりとしていて触れれば消えるシャボン玉みたいだ。どうして悲しい記憶はこんなにも細部まではっきりと、脳に巣くっているんだろう。

「手、はたかれたんだ。ぱちんって。その衝撃で紙、地面に落ちちゃった」

郁が顔を上げて、目を見開く。

体罰はしょっちゅうあったけど、どれもわたしが床を汚したとかお母さんのものを勝手に使ったとか、理由あってのことだった。手をはたかれるぐらい、いつまでも記憶に残るほどのことじゃない。でも理由のない暴力は後にも先にも初めてで、身体よりも心が鮮明に痛みを覚えていた。

「どうしていいのかわからなくて、何が起こったのかわからなくて、ぼんやりしてた。泣くこともできなかった。紙も拾わないままその場に佇《たたず》んで、ひとりで歩いていっちゃうお母さんの、小さくなっていく背中をじっと見てたの」

「それから、どうした？」

「わかんない」

記憶がそこで途切れてしまっているせいか、わたしの中には今でも置き去りにされた事実が、カメラで切り取ったようにくっきりと残っている。

お母さんにしてみれば日常のひとコマで、きっと覚えてもいないんだろう。

でもわたしは、忘れられない。暑さも痛みも恐怖も戸惑いも、だんだん遠く、小さくなっていく背中をじっと見つめていることしかできない、途方に暮れた虚《むな》しさも。

「あたしがさ、えらそうに言うことじゃないんだろうけどさ」

たっぷり数十秒、間があった後、郁が言った。

「イライラして子どもに当たっちゃうことって、あるもんじゃないのかな。もちろんそれ自体は良くないことなんだけど。でも絆のお母さんはきっと、叩いたことを後悔してると思う。後悔してなかったら絆はきっと、今、ここにいないよ」

「郁の言ってることはわかる。誰だってひとつやふたつ、子どもの頃に親に背負わされたトラウマみたいなものは持ってるんだって。けれどね、今の自分じゃなくて、三歳か四歳のわたしが納得しないの。いつまでもそんなこと覚えていてもしょうがないって言い聞かせても、ダメなの」

「あたしは同じような経験がないからわかんないけれど。物心つく前の嫌な経験って、どうしてもそうなっちゃうのかもね」

ただ、絵を見てほしかっただけ。

すごいね、よくできたねって褒めて、笑って、頭を撫でてほしかっただけ。

届かなかった小さな願いを、十六歳になった今も胸の隅っこに抱え続けている。

「でも、テストで百点満点取るのってすごく難しいじゃん？　子どもを育てるのも、なかなか百点満点は取れないもんだと思うよ。誰でも間違うことはあるし、それを責めてたって何も解決しないと思う。絆はこれから、お母さんとどうなりたい？」

「うーん、どんなふうになりたい、っていうのは正直、ないかな。ただ、お母さんみたいになりたくないっていうのだけは、ある」

「だから看護師になりたくないの？」

「それもそう。あとね、うちのお母さん、不倫してたんだ」

お母さんから直接そう打ち明けられたわけじゃない。ただ、子どもを十六年もやっていれば冠婚葬祭で親戚の集まりに呼ばれることはあって、そういう時に漏れ聞こえてくる会話から、いつのまにか知ってしまった。気を遣ってわたしのいないところで話しているつもりなんだろうけど、子どもの耳は大人が思っているよりずっと鋭い。

「不倫してて、相手の男の人が奥さんと別れてくれなかったんだって。なんか、昼ドラみたいな話だよね」

「悪いけど、そう思った」

郁がちょっとだけ口もとを緩めてくれて、ふたりの間の空気がぬるんだ気がした。

「わたし、そんな人生嫌だもん。まだ恋とかよくわからないけれど、好きになった人とはずっと一緒にいたいし、子どもだってふたりで育てたい。当たり前にお父さんって呼べる人が家の中にいる家庭にしたい。普通の幸せを、子どもにはあげたい」

「いいんじゃない、それで」

郁の手がぽん、と肩に触れた。とても優しい叩き方だった。

「それ、立派な将来の夢だよ。ちゃんと、あるじゃん。絆の将来の夢。絆にはあたしと違ってたくさん時間あるんだからさ。これから絶対、叶えられるよ」

「……郁はなんで、そんなに優しいの？」

「どこが？　あたしなんて全然、優しくないよ」

郁は気づいていないんだろうか。

微笑んでくれること。話を聞いてくれること。一緒に考えてくれること。

そのすべてが優しさで、そんな郁にどれだけわたしが救われているか。

残り時間が少ない郁のために、何かできることがあればって思っていた。

でも実際、わたしは郁になんにもできていなくて、もらってばっかりだ。

「勉強、しよか」

当初の目的をやっと思い出した郁が、教科書を取り出した。

時計の針が八時を過ぎるまで、ふたりで勉強した。郁は英語が得意で数学が苦手で、わたしは逆に英語が苦手で数学が得意だから、ちょうど互いの苦手な部分を教え合うことができた。

勉強しながら少し考えた。郁は今どんな思いで勉強しているんだろう。勉強は、将来の自分のためにするものだ。だから残り時間があとわずかだと知らされてしまった郁にとって、学校に行くことも授業に出ることもテスト勉強をすることも、何も意味がないはずなのに。仮にわたしがもうすぐ死ぬと言われたら、無駄だと思って勉強なんかやめてしまう。

その公式、なんのために覚えるの？

どんなテストよりも難しいその問題は、郁を傷つけてしまいそうで聞けなかった。

テストは好きだ。与えられた問いをひたすら消化して、解答欄を埋めるだけの単純作業は、いつ当てられるかわからない普段の授業よりシンプルで集中できる。授業だって早く終わるし、後々やってくる結果のことを思わなければ、テスト期間は気楽だ。

「ねぇねぇ、この後カラオケ行かない？　行くっしょ？」

最後の教科が終わり、解答用紙が回収された後の教室にピーカンの青空みたいな声が響く。みんな重圧から解放された後のすっきりした表情で友だちと楽しそうにしゃべっているけれど、なかでも乃慧さんの声は目立つ。

「いいねー歌いたい。歌って全部忘れたい。あたし今人生で最大に凹《へこ》んでるから。凹み過ぎて地球貫通してブラジルまで行きそー」

「そんなに？　何が起きた？」

「だって今の数学マジでダメだったんだもん。ほんと、どうしようもなく完敗。まじどうしよ。親に怒られるー。あーあ、なんだってうちら文系なのに数学やんなきゃいけないのよ」

「はい、終わったことは忘れる！　カラオケでシャウトしなよ、数学死ねって！」

見ていることを気付かれないように、ちらちらと乃慧さんたちに控えめな視線を当てる。乃慧さんと香菜さんの肩の間に、郁の頭が見える。窓際の席だから夏の初めの日差しが入ってきて、ココアブラウンの髪がところどころ蜂蜜色にきらめいていた。

「郁も行くっしょ？　カラオケ」

「ごめん、あたし、今日はパス。予定あるんだ」

さらりと言った郁を追い詰めるような間があって、自分がしゃべっているわけでもないのにドキリとした。乃慧さんが怪訝《けげん》な顔になる。

「最近郁、付き合い、悪いよね」

「そう？　昨日も一昨日も、放課後は四人で勉強したじゃん」

「でも土日はいっつも予定あるって言ってうちらと遊ばないし、前はこんなことなかったよ。彼氏でもできたの？」

ドキリドキリと、心臓が胸の内側から殴りつけるように鳴り響く。郁はわたしと遊ぶ度に、乃慧さんたちの誘いを断っていたんだ。そんなことも今まで思いつかなかった自分が恥ずかしかった。

「別に、できてないよ。彼氏なんて」

郁の声は平らで、かすかに震えていた。郁も動揺しているんだと知った。郁は友だちに同情されたくないだけで、友だちとの付き合いを絶ちたいわけじゃない。

「じゃあ、毎週土日外せない用事って何？　友だちに隠し事すんの？」

「乃慧、声大きいよ」

郁グループの中でもいちばん小柄で、リスとかウサギとかおとなしい小動物を思わせる亜弥さんが、声を潜めて言った。何人かが郁たちのただならぬ雰囲気を感じ取ったらしく、郁と乃慧さんを遠巻きに見つめていた。

「うちらのこと後回しにして、ひとりでこそこそなんかしてて、すごいムカつく。友だちなのに、なんでそんなことできるの？」

「友だちだったら、なんでもかんでも全部報告しなきゃいけないの？」

震えてはいてもきちんと芯の通った声だった。質問に質問で返された乃慧さんが目を大きくする。

「あたしの時間は、あたしのものだよ。土日何するのも、あたしの自由。あたしには乃慧たちと遊ぶ自由も、遊ばない自由もある」

「……何よそれ」

「友だちだからいつも一緒にいなきゃいけなくて、隠し事しちゃいけないなんて、そんなのはおかしいって言いたいの。あたしにだって都合があるし、内緒にしておきたいこともある。そういうの尊重できるのを、友だちって言うんじゃないの？」

「感じ悪っ‼」

乃慧さんが投げつけるように言って教室を出て行った。ポニーテールがぴゅうんと風を切り、教室のドアに当たりそうになった。亜弥さんがすぐにその後を追いかけ、香菜さんはしばらく言葉を探す顔で郁を見つめた後、何も言わないまま亜弥さんの後を追う。

郁はひとりになった。


「乃慧さんたちとちゃんと、仲直りした？」

「仲直り？　あんなのそもそも、喧嘩じゃないよ」

レモンピール入りのシフォンケーキを口に運びながら郁が言う。店内にはお菓子の香りと木漏れ日から漏れ聞こえてくるようなショパンのメロディ。郁がカラオケを断り、テスト明けの放課後に行きたがっていたカフェは、なるほどたしかに死ぬ前に一度は行ってみたいと思える乙女心をくすぐるおしゃれカフェだった。店員さんの制服は秋葉原とかにいるのとは違う昔ながらのメイドスタイルだし、テーブルの端には一輪挿しに入ったミニヒマワリが活《い》けられ、高そうなティーカップには繊細なタッチで薔薇の絵が入っている。高校の最寄り駅から電車とバスを乗り継いで一時間かけただけのことはあった。でも。

「わたしとの約束なら、別に断っちゃってもよかったのに」

「今日ここ行くって前から言ってたじゃん。楽しみにしてたんだよあたし」

「でも乃慧さん、すごい怒ってたじゃない。あれからどうしたの？」

「香菜と亜弥がなだめてくれて、それでなんとか機嫌おさまった感じ」

「郁は謝らないの？」

「なんであたしが謝らなきゃいけないの。間違ったこと言ってないし」

きっぱりと言い放つ。たしかに郁の言ったことは正論だと、わたしも思う。友だちにあそこまでしっかり自分の意見を言える郁を、すごいな、とも思う。

けれど、わたしと約束したことが原因で郁に喧嘩してほしくなかった。乃慧さんが傷ついているところを見たくなかった。

「郁は間違ってないけれど、乃慧さんだって別に悪くないよ。友だちとたくさん遊びたいと思うのは、普通のことじゃないの？」

「乃慧はさ、あたしにべったりしてくるから、心配なんだ」

シフォンケーキにトッピングされたクリームを口の端にくっつけながら郁が呟《つぶや》く。

心配なんだ。すごく優しい言い方だった。

「メッセージはいつも即返信だし、失恋した時なんか毎晩電話かかってきたし、ハニバスのライブだって毎回一緒に行ってる」

「仲良しなんだね」

「いや、ちょっとあたしに依存してるとこあるからあの子。だからあたしがいなくなったら、どうなっちゃうのかなって思う。気が強いようで、すごい弱いし」

死にたいとか消えたいとか毎日のようにSNSに書き込みしていたくせに、自分がこの世を去った後のことなんてろくに考えていなかった。それはわたしにとっての死が所詮夢物語のようなものでしかなくて、現実逃避の一種としてしか死を捉えていなかったことの何よりの証拠だ。

郁にとって死は夢でも幻でもない。現実に向き合うべき問題だから、後のことを切実に考える。

「だから、今のうちからあたしがいないことに慣れてもらわないとね」

「そのために、わたしとばっかり遊んでるの？」

「それもある。まぁ、六割くらいは、単純に絆と遊びたいからなんだけどね。絆と一緒にいるの、楽なんだもん。難しいこと考えなくていいし」

「乃慧さんたちと一緒にいる時は難しいこと考えるの？」

「考えるよ。あたしが死んだ時、この子たちどう思うんだろうなって。もし自分が逆の立場だったらすごい落ち込むはずだし。高校時代の友だちは一生の友だちって言うじゃん？　その一生の友だちのうちのひとりが、死んじゃうんだよ」

店内を流れるメロディがショパンからドビュッシーに変わる。郁の口調はごくあっけらかんとしていて、まるで他人事みたいに自分の死を語るから聞かされている耳がヒリヒリとした。

「親は悲しませちゃうの、しょうがないと思う。だって親だし。そりゃ、先に死ぬことになって申し訳ないとは思うよ。でもいくらあたしが謝ったって病気が治るわけじゃないんだからさ。謝って治るんだったら、いくらでも謝るわ、土下座もするわ」

なんて、唇だけで笑う。無理に細めた目がちっとも笑っていない。郁には似合わない表情だった。

「まぁだから、親が悲しむのはしょうがないと思うの。でも乃慧や友だち悲しませるのは、やっぱり嫌だよ。よく自分が死んだ時誰も悲しんでくれなかったら嫌だって言うけど、いざこれから死ぬ身としてはさ、悲しむ人はひとりでも少ないほうがいいって思う。なるべく泣いてほしくないし、落ち込んでほしくない。死んでまで同情されたら、死にきれないよ」

「わたしは郁が死ぬ時きっとすごい泣くし、落ち込むよ」

下を向いていたから、郁がどんな顔をしていたのかわからない。ドビュッシーの星を転がすようなメロディがやけに大きく聞こえた。

「たしかにわたしは乃慧さんたちに比べれば郁と付き合い短いよ。でも郁と一緒にいるようになって、今まで知らなかったことたくさん知った。チョコミント味のアイスがおいしいこととか、真夜中の長電話が楽しいこととか、現在完了進行形の使い方とか。郁と話すようになってからの時間が年月になって、ちゃんと積み重なってる。郁といることが当たり前にさえなってる。その当たり前がなくなったら、たとえそれがあらかじめ覚悟ができていることだとしたって、辛いよ」

いつのまにか、責める口調になっていた。

郁の言い方はまるで、乃慧さんたちは自分が死んだ時悲しむだろうけれど、わたしはそうじゃないって言っているみたいで、心がささくれた。わたしにとって郁がちゃんと大切な存在になっているんだって、伝わっていないことが悲しかった。

郁がいなくなったら。そんなこと考えたくないくらい、郁の存在は眩しくて大きくて温かくて、闇にくるまっていたわたしを優しく照らしているのに。

「あの日、病院で会わなきゃよかったね」

郁は朝顔が彩る庭を眺めながら言った。その目はきっとどこも見ていなかった。

「絆を巻き込むべきじゃなかった。あの日はまだ自分がもうすぐ死ぬって事実がショックで、まだ死んでないのに既に自分の大事な部分は死んじゃったみたいで、だから絆の気持ちが嬉しかった。今考えれば、浅はかだったと思う」

「それは違う。たしかに郁と一緒にいることで、悲しい予定がひとつできたよ。でもそれ以上に、郁がいて良かったと思う。きっと郁がいなくなった後も、わたしは思うよ。郁がいてよかった、って。たぶん乃慧さんたちだって、そうだよ。泣いて悲しんで落ち込んでも、じゃあ初めから郁がいなければよかった、なんて絶対思わない。短い時間でも一緒にいられてよかったって、思ってくれるよ」

あの日たまたま病院で出会わなければ、わたしにとって郁は怖いスクールカースト上位グループのひとりでしかなかった。SNSも自傷行為もやめなかった。

郁と時間を共にするようになってからSNSにはアクセスしていない。太ももを切ってもいない。今でもたまに発作のように真っ黒い感情に襲われることはあるけれど、郁に後ろめたいことはしたくないという思いが、ストッパーになっていた。

郁がいなくなったら自分はどうなるのか、考えると正直怖い。でも郁の前で変わりたいと言った気持ちは、決して嘘にはしたくない。

「いつまで乃慧さんたちに隠すの？　病気のこと」

　叱られた子どもみたいな顔で口をつぐむ郁。いつまでも逃げてばっかりいられない問題だって、郁自身がいちばんわかってる。

「ずっと隠し続けるわけにはいかないよね？」

「そりゃ、ね」

「同情されたくない、って郁の気持ちは、わからなくもないけれど。いやわからないけれど」

「どっちよ、それ」

　ようやくふたり同時に微笑んだ後、郁は背もたれに身体を預けてカフェの天井を見つめながら言った。郁の瞳の先にはシャンデリアが光の雫を連ねている。

「同情されるとさー、自分は他の子とは違う、不幸な人間だって、そう言われてる気分になっちゃうの。たしかにあたしの身体は昔から、普通と違った。薬いっぱい飲んで、手術だって受けなきゃいけなかった。長く生きられないかもしれないって、幼いながら知ってた。でもそれで自分を不幸だって思ったことは、一度もないよ」

　まったく郁とわたしは正反対だ。郁は同情を嫌って自分を不幸にしないで生きてきて、わたしは同情を集める言葉をＳＮＳに綴って不幸に酔っ払って生きてきた。実体のないネットの世界の中で、可哀相だねと哀れみの視線を向けられることを救いにしていた。まるで不幸中毒。本当に弱い人間だけど、他に自分を保つ術《すべ》を知らなかった。

わたしはずっと幸せだったんだ。たしかに孤独だったけれど、嫌な思いもたくさんしてきたけれど、それでも幸せだった。少なくとも、不幸に酔えるくらいには。

「不幸だって思っちゃったらさ、その時点で負けな気がして。病気に負け。わかるかな、この感覚」

「なんとなく」

「だからさ、小学校の頃も中学校の頃も、健康で毎日普通に生活できてる子から可哀相だねって目で見られるたび、それは違う！　って怒りたいような泣きたいような気分になってた。でもいくら怒ろうが泣こうが喚《わめ》こうが、あたしが病気な事実は変わらないから、悔しいよね。可哀相だねって言う子たちを責めるのも間違ってるし」

郁はわたしと同じ十六歳だけど、わたしよりずっと大人なんだろう。命に関わる病を背負ったことで、普通の十六歳なら体験しないことを経験して、感じるはずのないことを感じている。

もっと、子どもでいいのに。生きられる時間が短くて早く大人になっちゃうなんて、悲し過ぎる。

「乃慧も香菜も亜弥も大事だからさ、余計に可哀相なんて目で見ないでほしいの。絶対無理だってわかってるけれど、できれば何にも知らせないまま消えたい。いつのまにか学校からいなくなって、病気のことはもちろん、死んだことさえ誰も知らなくて」

ふう、と郁が深呼吸にも似た長いため息をついた。

わたしには郁の気持ちは絶対わからない。健康な身体と何十年もの長い寿命を持つであろうわたしが、十六歳にしてあと数か月でこの世から消えてしまう郁の気持ちを完全に理解することは、どうしたって無理なんだ。それは乃慧さんたちにも、郁の親にだって、できないことだ。

わたしの気持ちがわたしだけのものであるように、郁の気持ちは郁だけのもの。

だから簡単にわかったような口を聞くことはできなくて、それでも黙っていられないから、手さぐりで言葉を摑《つか》む。

「わたしが郁の立場でも、同じことを思うのかもしれない」

「ほんと？」

「でも、現実的に考えて無理だと思うよ。たとえ黙り通したとしたって、クラスメイトが亡くなったら学校は生徒に知らせるはずだもん。そしたら乃慧さんたちは、なんで最後まで知らせてくれなかったのかって、生きているうちに言いたいことたくさんあったのにって、すごく辛い思いをするよ」

「……だよね」

もう一度、永遠のようなため息。

今さらこんなこと考えたってしょうがないんだけれど、どうして郁がこんな目に遭わなきゃいけないんだろうって思う。頭ではわかってる。世の中には戦争や飢餓や災害や犯罪や病気、その他いろいろ、どんなに科学技術が進歩したってなくすことのできない不幸がいっぱいあって、誰もがおじいちゃんおばあちゃんになるまで平穏無事に生きられるわけじゃないってこと。それはわたしにも郁にも誰にもどうしようもできなくて、いざ我が身に降りかかったら受け入れるしかないってこと。

でも、そう思えるのはそれらの不幸があくまで他人事だったからであって、自分のこととなればそうすんなりとは悟れない。強くて明るくて優しくて、野山を自由に駆け回る小鹿みたいなしなやかな心を持った郁が、そんな不幸の星の下にたまたま生まれてきてしまうなんて、ひどく間違ったことのような気がして、なんでそんな間違いが起こるのかわからなくて、やり場のない怒りが暴発しそうになるんだ。

「どう言うのが、いちばんいいのかなぁ。まず、電話やメッセージじゃだめだよね。あんやっぱ、直接言わないと。でも、どんな顔して言ったらいいのかわかんないよ。あんまり湿っぽい顔してたらそれこそ乃慧が大泣きしそうだし、ヘラヘラ笑って言ったら逆に怒られそうだし」

「普通の顔して言うしか、ないと思う」

太陽が西に傾いて世界が淡い蜂蜜色に染まるまで、わたしたちはカフェにいたけれど、結局その問題について結論は出ないままだった。簡単に答えが出ることじゃないし、簡単に出した答えじゃいけなかった。どれだけ時間がかかっても、郁が納得いく解答を導き出せるのを、わたしはこの子の目の前で辛抱強く待ちたい。

郁の最寄り駅とわたしの最寄りは各駅停車で五つ離れている。いつもと逆方面に走る電車は、夕方のラッシュ時とは思えないほどがらんとしていた。まったく大病を患っていると感じさせない軽やかな動きで座席から立ち上がり、バイバイと健康体にしか見えない笑顔で手を振ってホームに消えていく郁を見送った後、約十数分の時間を潰すためにカバンから本を取り出した。太宰治《だざいおさむ》の短編集。

スマホを買ってもらって以来遠ざかっていた読書を、最近また再開させていた。わたしが好きなのは本屋さんの目立つところにある、きらきらした装丁でラッピングされたベストセラーじゃなくて、図書室の端っこで息を潜めているちょっと気難しそうな顔をした本たちだ。ずっと友だちがいなかったから、いつでも本が唯一の親友だった。古《いにしえ》の作家たちがその命を削って綴った文章を読み解いていくのは、名探偵になってトリックを解き明かすみたいで面白かった。

「それ、面白い？」

滅多にひとから声をかけられることのないわたしでなくても、読書中にいきなり声をかけられたらつい身体がびくっと反応してしまうだろう。

さっきまで郁が座っていた席にいつのまにか男の子が座っていた。運動部なのかそれとも地黒なのか、浅黒い肌にきりりと太い眉、大きな黒目が印象的。同じ制服を着ている肩が、高校生にしてはやや華奢《きゃしゃ》だ。

「ごめん。びっくりした？」

「う、うん。ちょっと」

唐突過ぎる出会いの上、郁以外のひととの会話に慣れていないわたしは声が上ずる。男の子のほうも緊張しているのか、顔が強張っていた。

「一度だけ、見たことあるはず。俺のこと」

「いつ？」

「三週間くらい前じゃないかな。電車で、俺は友だちと一緒にいて、郁もいて」

あ、と声がこぼれ落ちそうになった。

ケーキバイキングの帰り、電車で郁とばったり会った男の子だ。

「広瀬和義くん、だっけ？」

「そうだよ。名前覚えててくれたんだ」

「郁が言ってたから」

「名前、聞いていい？」

「城野絆」

ひとに名乗ることなんて慣れてないから、頬が熱くなる。そもそもわたしは、生まれてこのかたほとんど男の子とまともに会話したことがない。男の子というのは会話するのではなく、攻撃してくる危ない生き物だった。

「最寄り、郁と一緒じゃないの？」

「そうだけど、いい機会だから城野さんと知り合いになっておきたくて。同じ車両に乗ってるのに郁が気付いてないから、降りるのを待ってた。この後、予定ある？」

「家帰るだけだけど」

「だったら、どこかで話せないか？　電車の中でする話じゃないし」

丁寧だけどどこか切羽詰まったしゃべり方に、断れなかった。ただでさえわたしは意思表示を苦手としている。

わたしの最寄りで降り、駅前商店街の隅っこでひっそり営業している、店内の時間が昭和で止まっているかのような昔ながらの喫茶店で話をすることにした。ふたりともホットコーヒーを注文した。わたしにとっては本日二杯目のコーヒー。

しばらく沈黙が流れる。コーヒーの香りに酔ったかのように、心臓が駆け足で動いていた。男の子とふたりきりでお茶だなんて、まるでデートみたいだって気付いてしまったから。もちろんそんなこと思っているのはわたしだけなんだけど。

「郁と、いつから仲いいの？」

店内を流れる、知らないけれど明らかにわたしが生まれる前にできたものだと思われる歌謡曲のメロディに、声がかぶさる。

「二か月ぐらい前から」

「郁の病気のことは知ってる？」

「知ってる」

そか、と和義くんは言った。また濃い沈黙がふたりの間を漂う。店内にはわたしたちの他には、新聞を広げてるおじいさんだけがいた。

「あいつさ、昔っから病気で、学校来れる時期と、来れない時期があって」

大きな黒目がティーカップの中のコーヒーの表面を見つめている。

「学校来た時は病気のことなんて言わなきゃわからないくらい明るくて、元気で、あいう性格だから男子とも女子ともでっかい声でしゃべるのに。来ない時はほんと、ずっと来ない。一か月とか二か月とか。半年くらい来なかったことも、平気である」

「うん」

「見舞いに行くとさ、辛い治療で痩せてガリガリで顔色も悪いのに、すぐ怒るんだよ。

病人扱いするなって。いや病人だろお前、って言い返すんだけどさ」

いかにも郁が言いそうな言葉だ。病人扱いするというのは、同情するのと同じこと。郁がいちばん嫌いな同情。

「とにかく小学校の頃はずっとそんな感じで、でも年齢が上がるとだんだん体力もついてきたみたいで、いつのまにか学校に来れない時期より、来れる時期のほうが長くなって。中学の時はもうほとんど、普通の女子と変わんなくなったよ。本人はもう健康になったつもりでいたんだろうな。俺が同じ高校行くって言ったら、すげぇ怒った。まだ病人扱いすんの、って」

「郁と同じ高校に行ったのは、郁が心配だから？」

「そうだよ。郁は病気の女の子だって周りに知られてるのが嫌だから誰も同中《おなちゅう》がいない高校に行くって言ってたけど、病気のこと知らなかったら無理させられたりもするかもしんねぇじゃん？　というかあいつ、自分から無理しそうだし」

「郁のことが好きなんだね」

言ってしまって、慌ててごめん、と謝った。和義くんはまったく悪い気もしていない感じで、照れた素振りもなく、いいよ、その通りだからと言って、それがあまりにも大人の対応で、さっきデートみたいだと思ったことが猛烈に恥ずかしくなった。

「幼稚園の頃から、もう十年以上片想い。男のくせに女々しいって思うよな。むしろ気持ち悪い？」

「そんなことない」

「あいつはまったく気付いてないし、それどころか高校上がってからは俺のこと完全にウザがってるよ。まぁ、郁からすりゃ、絶対知られたくない秘密を知ってる人間がひとり同じ学校にいるわけだから、そりゃ嬉しかないだろうけど」

「告白、しないの？」

　仮に和義くんが郁に告白したとして、郁がそれを受け入れたら、ふたりはすごくいいカップルになるんじゃないかと思った。というか、郁と和義くんが一緒にいるのは、とても自然で素晴らしいことなんじゃないだろうか。時計の長い針と短い針が、十二時のところでぴったり重なるみたいに。

「しないよ。郁、見事に俺に気がないからさ。気持ち伝えても困らせるだけだし」

「それは、伝えてみないとわからないんじゃないの？」

「言わなくたってわかるよ。あいつ、中二の時いっこ上の先輩と付き合ってたもん。すげぇ恰好よくて、人気ある人」

　可愛くて性格も明るい郁が、高二にもなって誰とも付き合ったことがないわけないはずなのに、ちょっと驚いた。同時に郁とそんな話を一度もしたことがなかったんだと気付いて、喉の奥の奥、胃の入り口らへんに苦いものがこみ上げる。

「ファンクラブもあるような先輩だったから、女子からの嫉妬、すごかったよ。今どきファンクラブって、笑っちゃうよな。机にイタズラ書きされても、上ばき隠されても、トイレの壁にID晒されて変なメッセージがいっぱい届いても、郁は負けなかった」

「それぐらい、その人のことが好きだったんだね」

「別れたけどな」

「なんで別れちゃったの？」

「俺も詳しくは知らない。でも中三の二学期ぐらいにはもう会ってなかったみたいだから、向こうは高校生だし、郁はまだ中学生だし受験生だし、すれ違いってやつじゃねぇの？」

「すれ違いって、どうなること？」

「わかんねぇよ。俺、誰とも付き合ったことねぇもん」

和義くんは笑って、コーヒーをひとくち啜《すす》った。ティーカップを持つ手がわたしのものとも郁のものとも違ってごつごつしていて関節が太くて、男の子の手なんだなと、和義くんは男の子なんだから当たり前なのに、そんなことをしみじみと思った。

「すげぇカッコ悪《わり》ィよな俺。全然見込みないのに、十年以上片想いとか。その上高校まで追いかけてさ。完全、ストーカーだよ」

「そんなことない。すごいことなんじゃないかな、それだけ好きになれる人がいるのって。わたし、まだひとを好きになったことがないから、余計にそう思う」

和義くんが目を広げた。そうすると大きな黒目がより際立って、それがすごくきれいで、思わず唾をごくりと飲んだ。

「ありがとうな」

「……うん」

「なぁ」

「うん」

「郁、死ぬんだよな」

「……うん」

現実に背を向けるように、和義くんから目を逸らしていた。

どれだけ否定しても、変わらない。郁はあと数か月で、この世からいなくなる。

「ずっと昔から知ってて、病気のこともわかってたのに、まだ受け入れられない。郁がだんだん健康な身体になってきて、このまま普通に大人になって長生きできるんじゃないかってどこかで思ってたんだ。だから郁がいなくなるとか、信じたくない」

「うん」

「どうすればいいんだろう、俺。あいつに何もしてやれない」

途方に暮れたように言う和義くんにかける言葉はなかった。

何もしてあげられないのはわたしも同じだ。

死ぬまでにやりたいことだからって、一緒に遊んで、はしゃいで、笑って、その瞬間はちょっとだけ病気のこと忘れられて。

それが根本的な解決にならないのは、よくわかっている。

じゃあ、根本的な解決って何？　郁の病気を治すこと？　それが無理だから、余命宣告されたのに。

「閉店時間です」

黙りこくってしまったわたしたちに、喫茶店のマスターが告げた。もうそんな時間かと時計を確認すると、七時を差していた。喫茶店の営業時間は七時までらしい。

レジでお金を払い、喫茶店の前で和義くんと別れた。

七月初めの夜七時はまだ明るくて、日が沈んだ後の空がザクロジュースをこぼしたように赤く輝いていた。

家へ向かって歩きながら、何もしてやれないと言った和義くんに何を言うべきだったのか考えた。わたしはあそこで押し黙るべきじゃなかったし、何か言えることがあったはずだった。それが何なのかいくら考えてもわからなかったけれど、言葉はこの世のどこか、わたしの手の届かない場所に漂っていて、決して摑《つか》むことはできなかった。

学校は嫌いだけど、図書室は好きだ。大好きな本がいくら読んでも読みきれないほどたくさんあって、古い紙のにおいが空気に溶け込んでいて、テーブルに座って本を読んでいる子も本棚の前で本を選んでいる子も、頭のてっぺんから足の先まで本の世界に浸っている。本の数だけ違う世界があって、ページをめくればここから違う世界へ飛んでいけるから、図書室は好きなだけ異世界を冒険できる、どんなゲームよりも面白い場所なんだ。

放課後の図書室で太宰治を返却し、梶井基次郎《かじいもとじろう》を借りた。カバンに本を入れる時、英語の教科書を教室に忘れたことに気付いた。教科書がないと、宿題ができない。明日の二限目で当てられて恥をかくのは絶対嫌だから、一度昇降口へ向かいかけた足で教室へ戻った。

「ああいう人ってさあ、普段いったい何考えて生きてんだろうね。誰とも話さないからすごい不気味」

教室のドアの前で足が止まる。乃慧さんの声だった。乃慧さんたちが時々、放課後教室に残って延々とおしゃべりしていることは知っていたけれど、ＨＲが終わってもう一時間以上経《た》つから、まだ教室に残っているとは思わなかった。郁のお陰でだいぶ苦手意識は薄れたものの、やっぱり乃慧さんを代表とするスクールカースト上位グループは獰猛《どうもう》な肉食獣みたいな存在で、ドアを開けてスタスタと教室に入っていくことは躊躇われた。乃慧さんが肉食獣なら、わたしは噛みつかれればたちまち折れてしまうか弱い足を持ったインパラだった。

「誰かとしゃべってるとこ、マジ一度も見たことないよ。二年になってからもう三か月以上、だよ？　異常じゃね？」

「まぁ、ああいう性格だと社会に出てから苦労するんだろうねー。人間関係上の問題をいっこもクリアできなさそう」

乃慧さんに同意する声は香菜さんだった。香菜さんがいるということは、あのドアの向こうに亜弥さんや郁もいるのかもしれない。

「絶対、いじめられるタイプじゃん。むしろ今現在いじめられてないのが奇跡」

「絶対小学校か中学校でいじめられてるでしょ。いじめられてて、かつ誰からも同情されなさそう」

「本人があれじゃあ、いじめられたって文句言えないもんね」

心臓の鼓動が速くなる。いったい誰の悪口なんだろうか。そこに郁はいるのか。確かめることのできない疑問とひとの会話を盗み聞きしているという罪悪感が一緒になって、肺から酸素を奪っていく。

「高校出たらどうするつもりなんだろうね、いったい」

「ああいうのが意外と風俗で働いたりするんだよー」

「やだ乃慧、発想がオヤジ」

きゃはは、と笑い声が重なる。上にいる者が下の者を見下す、優越感に満ちた歪んだ笑い。その声に郁のものが混ざっていないか聴き耳をたてたけれど、わからなかった。

「そういう仕事って、自分に自信ある人がやるもんじゃないのー？」

「亜弥、わかってない。オヤジ受けするのはアイドルやモデルになれるような顔が可愛くてスタイルいい人じゃないんだよ。スレてなくて、普通っぽくて、年齢より幼く見える人。オヤジなんてみんなロリコンなんだから。城野さん、ぴったりじゃん」

呼ばれた名前が弾丸になって胸の真ん中をばしんと貫いた。

中学の時はもっとずっとひどいことを言われていたのに、これぐらい全然平気なはずなのに、一瞬で心が罅《ひび》だらけになった。クラスメイトがひとりも友だちがいないわたしのことをどう思っているか、予想はついていたはずなのに、いざこうして目の当たりにすると真っ暗闇に放り出されたような気分になる。

面と向かって詰られるのも辛いけど、陰でひそひそ貶められるのも同じぐらい辛い。

　今すぐ踵を返して逃げ出したいのに、動揺のあまり足が震えていた。その場から動けず、自分に向けられた悪口と嘲笑をじっと耳で受け止める。

「そんでさ、顔が良くて耳触りのいい言葉ばっか吐く男に、コロッと騙《だま》されるんだよ。売れない芸人かバンドマンか劇団員かパチプロ。で、自分を売ったお金で男に貢《みつ》ぐ」

「乃慧の想像力すごいね、その先は？」

「二十五ぐらいで子どもできて、子どもができれば男も変わるだろって思って産むけれど、結局変わんないの。で、母子共々捨てられて暗黒の人生。子どもは当然グレる」

「あはは、なんか夜十時台のドラマみたい」

「いい加減にしなよ」

　郁の声だった。ずっと何もしゃべらないから、もうてっきり、郁はこの場にいないものだと思い込んでいた。一瞬、時間がこの世から消えてしまったかのような沈黙が広がった後、郁がまくし立てる。

「黙って聞いてたら、何それ。しゃべったこともないくせにひとのこと勝手に決めつけて、この後の人生まで決めつけて、恰好悪っ。あの子があんたたちに何かしたの？　何か恨みでもあるの？　ないでしょ？　いくら本人に聞かれるわけないからって、好き勝手ボロクソ言って、見下して笑って、何が楽しいのよ。全然わかんない。言っとくけどさっきからあんたたちの顔、すっごいブサイクだよ。早く鏡見たら？」

まだ沈黙は続いていた。わたしの心臓は胸の奥に引っ込んだまま固まって、喉はどんどん干からびていって、足は相変わらずがくがく震えて、釘《くぎ》を刺されたようにその場から動けなかった。郁はまだ続ける。

「誰かを見下すのは、自分が上だって思ってるからだよ。上とか下とか、そんなのいつ誰が決めたのよ。誰も決めてないじゃん？　ちっとも努力してなくて何も成し遂げてないくせに、自分が上だって思い込むの、マジで恰好悪いよ。ついでにひとを見下すの、もっと恰好悪いよ。自分たちが特別だとでも思ってんの？　ひどい勘違い」

「なんでそんなに城野さんのこと庇《かば》うわけ？」

乃慧さんが声を尖らせる。この間、教室で郁にキレていた時よりもさらに尖っていて鋭くて、触れたらすぱっと切れそうなナイフみたいな声。

「ブサイクとか恰好悪いとか、よく友だちのことそんなふうに言えるよね？　なんで城野さんのことは庇って、あたしたちのことはそんなふうに言うの？」

「あたしは正しいことを言ってるだけだよ」

「そうやって正しい者気取り？　言っとくけど郁だって城野さんのこと見下してるじゃん？　悪口言われて可哀相だから、味方になってるだけじゃん？　それでいいことしたって思ってるんでしょ？　郁のほうがタチ悪い」

「違う、あたしはひとのこと可哀相なんて思ったこと一度もない。自分が可哀相だって思われるの大嫌いだから、ひとのこと絶対そんなふうに思わない」

「へぇ、じゃあそんなに城野さんが大好きなんだ？　あんな人のどこがいいの？　あたしたちよりいいの？　暗くて気味悪くて何考えてんのかわかんない、あんな人の味方して何が楽しいわけ？」

「絆は暗くも気味悪くもないし、ちゃんと考えてるっ」

「やめて」

何かに駆られるように足が動いた。教室のドアを一気に開けた。がたっと派手な音がして、同時に言葉が喉を突き破った。突然現れたわたしを、八つの目が見ている。

「郁、いいから。もういいから」

言葉が感情に追いつかない。覚悟もないままぶつけられた悪意に胸はすりきれて、でも郁が庇《かば》ってくれたことが嬉しくて、心臓がばくんばくんと今にも割れそうだった。突然の事態にパニックになりながらも、今すべきことはわかっていた。郁と乃慧さんたちを喧嘩させちゃいけない。

「あれこれ決めつけられるのは、見下されるのは、しょうがないの。わたしがそんなふうに思われる行動をしてきちゃったから。友だち作らないで、ひとから背を向けて生きてきた、結果だから」

誰かの悪口を言ったり、陰であざ笑ったりしちゃいけない。そんなことはみんなわかっている。でも、生まれてから死ぬまで、一度も悪口を言わず、ひとに嘲笑《ちょうしょう》を浴びせず、誰も見下さないで生きていく人なんてきっと、いない。

だから乃慧さんたちだって本当はそんなに悪い子じゃない。本当に悪い子だったら、郁と友だちでいるはずがないんだから。

「だから、乃慧さんのこと責めないで。わたしのせいで喧嘩しないで。郁の気持ちは嬉しいけど、郁が怒ってるのは嫌だよ」

「あの、ごめん、ちょっとよくわからないんだけど」

亜弥さんが遠慮がちな口調で言った。薄く化粧をした顔に戸惑いが浮かんでいる。

「城野さんって、郁と仲良いの？」

「えと、それは。仲良いっていうか、なんていうか」

「絆は親友だよ」

郁がずばりと言った。もう一度、濃い沈黙が広がった。

「あたしと絆、仲良いの、親友なの。だから絆のこと悪く言うのは、みんなでも絶対許さない」

「じゃあ、もしかして最近付き合い悪かったのも、城野さんと一緒にいたせい？」

香菜さんに聞かれて郁はハッとした顔になって、たっぷり数秒の間の後こくんと首を縦に振った。

「ハァ⁉　何それ‼」

乃慧さんが郁に詰め寄る。怒りのボルテージが頂点に達しているらしく、顔が真っ赤だった。

「うちらと遊ぶの断って、こんなのと遊んでたの⁉　こんな、地味で暗くてキモい人と陰でつるむとか、マジありえない‼」

「本人の前でなんてこと言うのよ」

乃慧さんに比べると郁はだいぶ冷静だった。冷静だけど声は凄《すご》んでいて、赤よりも温度が高い真っ青な炎が燃えていた。

「本当のことじゃん！　郁にこんなのは似合わないよ。変な人と一緒にいたら、郁まで変な人だって誤解されちゃうんだからね⁉」

「あたしは、似合う似合わないなんかで友だち付き合いする人を判断したくない。あたしがいたい人と、一緒にいるだけだよ」

「なんでわかってくれないの⁉　あたしは郁のためを思って言ってるんだよ‼　郁が変な人と友だちやってて、みんなが郁のこと誤解したら嫌だから‼」

「何その余計なお世話。だいたいみんな、って何なのよ。みんな、のご機嫌取りするために友だち付き合いするわけ？」

「もういいよ。好きなだけそのキモいのと一緒にいれば？　ただしうちらとはもう二度と関わらないで」

「そうするよ」

その瞬間、乃慧さんの表情がぴしりと固まって、内側から何かがはじけ飛んだ。

郁はカバンを抱えて教室を出ていく。郁の後をわたしは慌てて追いかける。郁は黙ったまますっすっと両脚を動かしていて、わたしは追いつくのがやっとだった。校門を出たところで結局英語の教科書を取りに行けなかったことに気付いたけれど、今さら戻る気にはなれない。明日の朝少し早めに登校して教室でやるしかない。

「郁、いいの？」

校門を出て二分くらい歩いたところでようやく郁が速度を緩めて、わたしは郁の睨みつけるように前を見ている横顔に話しかける。

「二度と関わらないで、って、あれじゃあまるで絶交じゃない。そんなの受け入れちゃって、よかったの？」

「いいんだよ。絆は親友だし、親友のことあそこまで悪く言われたら許せない」

「親友、なんだ」

「違うの？」

ぶんぶんと首を振ると、郁はようやく笑って、そしてぎゅっと肩を組んできた。そんなことをされるのは初めてだったから、心臓がぐるんと宙返りをした。鼻先に郁の髪が触れる。何種類もの花を集めて煮詰めたような、甘い香りがした。たぶんシャンプー。

「もうすぐ、夏休みだね」

肩を組んだままゆっくり歩きながら、郁が言う。耳がくすぐったいほど近くから、郁の声がする。

「ちょっと前から、考えてたんだけどさ」

「うん」

「夏休み、ふたりで東京に行かない？」

えっ、と声を上げながら思わず郁の顔を凝視していた。郁があははっと笑って肩を離した。わたしの鼻孔《びこう》にはまだシャンプーの香りが残っている。

「そんな驚かなくてもいいじゃん」

「だって。いいの？　そんなに遠くまで外出して」

「お医者さんに相談しないといけないだろうけどね。その前に親に相談、か」

「反対されるかもよ？」

「反対されても、死ぬまでにどうしても絆と東京行きたいの、って言う。もう高校生だよ？　友だちと旅行するぐらい、普通じゃん」

「郁は普通の身体じゃないじゃない」

「普通の身体じゃないからこそ、今どうしてもやりたいことをするんだよ」

夏の午後の白い光の中で、郁の整った顔が輝いていた。もう決まっている未来の予定に絶望することをやめて、希望に輝いた顔。

ようやく、やっと、わかった。郁はちっとも無理してなんかいない。あのノートは死の恐怖から逃げるための手段じゃない。郁は無理しないで悲観しないで、既に自分の運命を受け入れている。わたしと同じだけの時間しか生きていないのに、受け入れるだけの強い心を持って、あと少しでさよならする世界と向き合っている。

郁を救おうとか、郁のために何かしたいとか、それ自体が傲慢《ごうまん》な発想だった。

郁はちゃんと自分の足で立っていて、死の恐怖と闘う覚悟を決めているのに。

「東京でね、ハニバスのライブやるんだ。八月の二十五日」

「ハニバスって、郁が大好きなアーティストだよね。ガールズバンドなんだっけ。わたしは一度も聴いたことないけれど」

「CD貸してあげるよ。あと絆と一緒に、渋谷行きたい。何気に渋谷って一度も行ったことないから、それも死ぬまでにやりたいことのひとつなんだ。絆の服、コーディネートしてあげるよ。絆いつも、遊ぶ時ダサい恰好してるんだもん」

「やっぱりわたしの私服って、ダサい？」

「かなりね」

　笑い合いながら、ふたりのスケジュール帳にまた新しい予定が書きこまれていく。わたしにとっては、いつもと変わらないただの夏休みの。郁にとっては、人生最後になるはずの夏休みの。

　時間が止まってしまえばいいのに、と思った。時間が止まって、夏休みが永久に続いて、もちろん郁も死なないで。もしもそんなことがあったらわたしは神様でも仏様でも宇宙パワーでもなんでも、感謝できるすべてのものに感謝しまくるだろう。

　わたしは幸せだった。郁に親友と言ってもらえたことが、そんな存在ができたことが、本当に幸せだった。たとえ、近い未来に儚く消えてしまうとしても、今はその温かみを、優しさを、存分に味わいたかった。

　どうやって双方の親を説得するか。日帰りじゃ寂しいから一泊するとして、どこのホテルに泊まるか。せっかく郁が多額のお小遣いを持たせてもらっているんだから、普通の高校生なら絶対泊まれないような高級ホテルにするべきじゃないのか。そんなことをしゃべりながら、郁と歩いた。今年一番の真夏日で空気はむんわりとして歩けば歩くほど額から汗がだらだら流れて目に入ったけど、気にならなかった。最高に楽しい計画を立てているのは、遠足の前日の準備みたいだった。

　だから唐突に声をかけられた時、ふたりともびっくりして足を止めてしまった。

「郁」

振り返ると和義くんが立っていた。男子のぴっちりした長ズボンの制服は女子のものより暑いのか、汗びっしょりのわたしたちよりさらに汗びっしょりだった。郁が怪訝な顔をして、ウザがられてるから、と言った和義くんの言葉を思い出す。

「なんなのよ、いったい」

「俺の友だちが隣の教室で聞いてたんだよ、教室で郁が喧嘩してたって。余程でかい声出してたんだな。慌てて、追いかけて来た」

「あたしが喧嘩しようが何しようが、あんたに何も関係ないでしょ」

ブリザードみたいな冷たい声に、和義くんが眉を顰《ひそ》める。ふたりの間に立たされたわたしは、何を言ったらいいのかわからない。

ただ、郁が和義くんのことを本当に何とも思ってないことだけはわかった。残念ながら、和義くんの気持ちは郁にまったく届いていない。

「お前、もっと周りの人間を大切にしろよ」

和義くんは郁をまっすぐ見つめていた。冷たい言葉にちっとも臆していなかった。

「友だちと一緒にいられるのは、今だけなんだろ?　喧嘩なんてしたら後悔する」

「だからって、絆のこと悪く言う子と一緒にいたくないもん」

郁がぴしゃりと突っぱねて、和義くんが一瞬黙った。

「病気のこと、まだ友だちに隠してるのか?」

「言わないよ。できれば最後まで言わないつもり」

「そんなことできるわけ――」

「もうすぐ死んじゃう可哀相な子だなんて同情されたくないの! 和義なんかにはこんな気持ち、絶対わからないっ」

「郁」

郁の潤んだ目がこっちを見る。泣きたくて、泣きたくなくて、堪《こら》えた涙がきれいな瞳の中にいっぱい輝いていた。

「そういう言い方は、よくないよ。和義くんは郁のことが心から心配なだけだよ」

「だからそれがウザいんだって――」

「ウザいとか言っちゃだめだよ。和義くんの気持ちは安っぽい同情なんかじゃないの。郁のこと心から、大事に思ってるからこそ出てくる言葉なんだよ」

「なんでそんなことが絆にわかるわけ?」

言葉が見つからなくて和義くんのほうを見ると、彼は困った顔で俯いていた。郁はわたしたちが喫茶店で話したことを知らないし、和義くんが秘めている郁の気持ちを伝えるわけにもいかない。

「わかるよ! なんでなんかわかんないけど、とにかくわかるよ! 和義くんのこと見てれば、わたしにだってわかる！　わたしは郁がすっごく大事だから、同じように郁のこと大事に思ってる人のことはわかるの！」

「絆、声大きい」

普段使ってない喉を広げたせいで心臓の鼓動が速くなっていた。ベビーカーを押す若いお母さんが何事かという目でこちらを見ながら通り過ぎていく。

じりじり、日差しがアスファルトを焼いていた。どこかの家の軒先から風鈴が鳴っている。妙に長い沈黙の後、ふう、と郁が息を吐いた。

「ま、いっか。たしかに今の言い方キツかったよね。ごめん、和義」

「別にいいけどさ。郁にキツく言われるのは慣れてるし」

そのまま三人、ぶらぶらと散歩でもするような速度で駅へ向かった。途中で郁が思い出したかのように言った。

「このままみんなで、お茶してかない？」

特に拒絶する理由もないので、首を縦に振った。和義くんにとっては余程意外な提案だったのか、目を丸くさせた後、別にいいけど、とふて腐れたような声で言った。

三人で入った駅前のファストフードで、いろいろなことを話した。郁と和義くんの中学時代の知り合いの近況。この前のテストで出た悪問としか言えない問いについて。和義くんは理系クラスで、将来はシステムエンジニアになりたいと思ってることなど。

三人で話しているのに郁と和義くんのふたりだけで盛り上がって、ふたりにしか知らない話題も出て、その度にお腹の底がざわざわと落ち着かなくなり、胸の隙間にすっと冷たい風が吹いた。和義くんの郁を見る目には恋を知らないわたしでもわかるくらい熱が含まれているのに、郁がそれにまったく気づかないのに腹が立つような、でもなぜかホッとしていたりもして、どうして自分がこんなもやもやとわけのわからない気持ちになるのか、わからなかった。

夏休みが始まって一週間目、初めて郁の家に招かれた。地面から出て来たばかりの蟬《せみ》が街のあちこちでじいじいと命を振り絞って鳴く、頭がくらくらしそうなほど暑い日だった。

郁の家は駅から徒歩五分のマンションの八階で、迎えてくれた郁のお母さんは、わたしのために買ってあったケーキを用意し、紅茶を淹《い》れてくれた。洗濯ものが干しっぱなしでホームセンターで買った安っぽい収納ラックから物が溢れている我が家とは、全然違った。高そうな小花柄のカーテン。柔らかそうな三人掛けのソファ。食器棚の上に飾られたいくつもの写真の中には、わたしの知らない郁がいた。ベッドの上でピースサインをしている郁。「退院おめでとう」と書かれたケーキの向こうで笑っている郁。卒業証書片手に胸に花をつけた郁。

郁はこの家でたしかに愛され慈《いつく》しまれ、幸せに育ったのだと思った。絵を贈ろうとして手をはたかれたあの日から、お母さんに拒絶された痛みを抱えて育ってきたわたしとは違う世界に、郁はいた。それはとても素晴らしいことで、でも羨ましいという気持ちを抑えられなくて、笑顔を絶やさずにおしゃべりする郁のお母さんの斜向《はす》かいで、複雑な感情を持て余していた。郁を羨ましいと思ってしまったことが、後ろめたかった。

郁がひと一倍愛され慈しまれるのは当たり前だ。郁は物心つく前から、大きな病気と闘ってきたんだから。そんな郁を羨ましがるなんて、いけないことなのに。

「郁、絆ちゃんに卒業アルバム見せてあげたら？」

「中学の？　それとも小学校？　保育園？」

「せっかくだから、全部見せちゃいなさいよ」

「えー、全部って、かなり大変だよ。中学のは本棚にあるけど、小学校と保育園はクローゼットの奥だって」

不平を言いながらもどこか嬉しそうに郁は自分の部屋に入っていった。必然的に、わたしと郁のお母さんはふたりきりになった。会話の糸口を摑めず黙ってしまうと、郁のお母さんが穏やかな表情でわたしを見つめて言った。

「あの子が絆ちゃんとふたりで東京に行きたいって言った時、最初は反対したのよ」

「……そう、なんですか」

当たり前だと思う。いくら自由に動けるうちにやりたいことをやらせてあげようという方針だからって、東京は遠すぎる。しかも泊まり。遠く離れたところで万が一のことがあるっていう可能性も考えなくちゃいけない。

「でもね、郁が何度も言うのよ。これがあたしにとっての最後の夏だからって。最後の夏に、大好きな友だちと遊び尽くしたいんだって。あたしのことを大切に思ってるなら、行かせてほしいって。そこまで言われちゃ、ねぇ」

目の横の皺《しわ》を深くして笑って、紅茶を啜る。郁の部屋のほうからがったんごっとんと、クローゼットを引っ掻《か》き回す音がした。

「ただし、条件付き。無理は絶対しないこと。少しでも体調が悪くなったら、すぐこちらに連絡を入れること。絆ちゃんと一緒に行くってことは、絆ちゃんにも責任を負わせることになるんだから、自分の身体と常によく相談しなさいよって」

「はい」

「だからどうか郁のこと、よろしくね」

「はい」

言われて初めて気付いた。たった一泊二日とはいえ、郁のお母さんからしたら病気の娘と離れるわけで、その不安も心配もわたしは受け止めなきゃいけないんだ。責任を持つって、簡単なことじゃない。それも人ひとりの命に対する責任だ。でも郁と東京に行くと決めたからには、覚悟してその大きな荷物を背負わなきゃいけない。できるかできないかじゃなくて、やるんだ。

「自分たちより早く逝ってしまう娘を持つことって、すごく苦しいのよ。最初はとても、受け入れられなかった。郁が小さい頃は怪しげな民間療法もいくつも試したし、どんな病気も治してくれるっていうお祓《はら》いみたいなものを受けたこともある。難病に効く水っていうのも買ったのよ、二リットルで二万円。今から考えると、馬鹿らしくて笑っちゃうわ」

どんな顔をしていいのかわからないわたしの前で、郁のお母さんは風のない湖の表面みたいに、静かに微笑んでいた。

郁はひとりで病気と闘ってきたんじゃない。家族全体、一丸となって、抗いようのない運命に真正面から向き合ってきた。だから棚の上に並べられたフォトフレームの中、どの写真の郁も幸福そのもののような笑みを浮かべている。

「中学生になる頃にはだいぶ身体も強くなって、普通の生活ができるようになった。だからこのまま大人になって長生きしてくれるだろうって、わたしも主人もどこかで安心してたのね。でも結局、こんなことになってしまった」

事実をそっとなぞるような言い方だった。わたしは相槌《あいづち》を打つ代わりに、小さく頷いた。

「あの子を喪《うしな》うんだと思うと悲しくて苦しくて恐ろしくて、気が狂いそうになった。泣いてもしょうがないってわかってるのに、いくらでも涙が出てきた。でもあの子は余命宣告されてから、少なくともわたしと主人の前では一度も泣いたことないわ。それどころか、決意した顔で言ったのよ。お父さん、お母さん、わたし、最後まで頑張って生きるね、って」

「郁って、すごい子ですよね」

「親より、娘のほうが強いわよ。わたしたち、郁に教えられてしまっている。そんな郁を支えるために、めそめそしてたらダメだって思ったの」

結婚することも子どもを持つことも、まだわたしには遠過ぎる未来の話で想像つかないけれど、自分よりずっと長生きするはずのかけがえのない存在が、自分より先にいなくなってしまうと知ったら、その絶望はきっと途方もない。この人は郁の高校の卒業式にも成人式にも結婚式にも出られないんだ。このまま続いていくはずだった幸せがぷっつり途切れてしまうなんて、わたしだったらとても耐えられない。

そんな辛い状況の中にいるのに、郁のお母さんはこんなに優しい顔でわたしと向き合っている。大人って強いな、と初めて思った。自分のお母さんは厳しいな、と思ったことは何度もあるけど、強いなって思ったことはない。女ひとりで働きながら子どもを育てるなんて生半可な覚悟じゃできないことだってわかってるけれど、お母さんの強さを肌で感じたことはなかった。わたしにとってお母さんはよく怒る、冷たい人だった。

でもこの人のはっきりと形を持って感じられる強さが、手の打ちようもない過酷な運命から作られたものであると思うと、鼻の奥にじゅわっと切ない痛みが広がった。

「今日は、うちに来てくれてありがとう。絆ちゃんに会えてよかった」

「こちらこそ、お招きいただき、ありがとうございます」

言いながらちょっと堅苦しいかな、と気付いてお腹のあたりがこそばゆくなった。友だちの家に招かれるなんて初めての経験で、高校生が友だちの親を相手にどんな言葉を選べばいいのか、よくわからない。

「もう、卒業アルバム取り出すのめっちゃ大変だったよー。段ボール何箱ものけなきゃいけなくて、今部屋が段ボールだらけ」

郁が重そうなアルバムを三冊抱えてリビングルームに戻ってきた。なかなか大変な作業だったらしく、額に汗の玉が浮かんでいる。

「あたし保育園も小学校もクラスの集合写真撮る時入院してたから、ほら、ひとりだけ顔が丸く切り取られてる。やんなっちゃうよねー」

「でも、結構、いろんな写真に写ってない？　この遠足の写真にも、こっちの運動会の写真にも大きく写ってる。やっぱり郁、可愛いから目立つんだね」

「あたし、小学校ぐらいまで写真撮られるの嫌いでさぁ。カメラ向けられると、わざと変顔したりとかしてたんだよね。そのたんびにふざけるなって怒られた」

「そういえばそうだったわね」

郁のお母さんが昔を愛《いと》しむ顔で微笑む。わたしも写真を撮られるのは嫌いだったし、今でも好きじゃない。写真の中の自分はたしかに「ブス姫」で、客観的に見れば見るほど惨めになるから。

「なんで、そんなに写真撮られるのが嫌いだったの？」

「だってどんな写真でも、これが遺影に使われるのかって思っちゃうんだもん。そう考えると、悔しくってさ。変顔でもしてやるかって」

郁は笑って言った。郁のお母さんも笑った。わたしだけが、黙って息を呑《の》んだ。

ブラックジョークに近いこんなやり取りも、この親子の間では普通なのかもしれない。こんな話ができるくらい、長い間病気と闘ってきたということなのか。

「中学校の卒業写真はほら、ちゃんとみんなで写ってるよ」

「あ、和義くんがいる。同じクラスだったんだね」

「中三の時だけね。一年と二年は別」

同じ集合写真の中、郁と離れた場所に写っている和義くんは、今よりもあどけなくて可愛らしかった。ちょっと不愛想なくらいの硬い表情で、カメラを見ている。

「あいつさ、別にそんなイケメンじゃないと思うんだけど、なんかモテるんだよね。あたしが知ってるだけで、三人にコクられてた。高校に入ってからは知らないけれど」

「へぇ」

「でもさ、誰とも付き合ってないの。結構可愛い子もいたんだよ？　勿体《もったい》ない」

その口ぶりは、和義くんの気持ちにまったく気付いていないことを物語っている。和義くんが気の毒で、でも同時に胸の奥で固まっていた何かがほどけていくような気もした。

「絆的にさー、和義ってどう？」

「どうって？」

「男の子として魅力あるのか、ってこと」

「そんな。よくわかんないよ、そんなの。わたし、恋愛したことないし。逆に聞くけど、魅力ある男の子ってどういうのなの？」

「うーん。優しくて恰好よくて、でもちょっと強引で、その強引さもなんか男らしくて、惹《ひ》かれちゃうの」

「それってもしかして、先輩のこと?」

郁のお母さんがにこにこしながら言った。思春期の子どもが親と恋愛の話をできるのって結構すごいことなんじゃないかと思って、ちょっとびっくりした。普通は誰かと付き合うのって、親に黙ってするものなんじゃないだろうか。

「やだなーお母さんってば、歩夢《あゆむ》先輩のことはとっくに過去になってるの。もう昔懐かしい、遠い思い出」

「あら、そうなの?」

「そうだよー」

郁はあっけらかんと笑っていたけれど、その笑顔の奥にわたしには明かしてくれない過去があるのだと思って、胸にぽつんと小さなしみができた。本当に小さな、針で空けた穴のようなしみだけど、洗剤でどんなにこすっても落ちない真っ黒い色をしていた。

郁はそれきり歩夢先輩のことは話題にしなかった。

太陽がすっかり西に傾いて日差しがプラチナ色からやわらかなオレンジに変わるまで、三人で過ごした。途中で郁のお母さんがホットケーキを焼いてくれて、メープルシロップをたっぷりかけて食べた。ホットケーキはミックスと卵と牛乳を混ぜて作るものだと思っていたわたしは、ベーキングパウダーを使って粉から混ぜるやり方を知って、ぱちんと目の裏を弾かれたような衝撃を受けた。いちから作ったホットケーキは、舌にじんわり甘さがしみ込んだ。

郁が駅まで送ってくれると言うので、住宅街の中をふたりで歩いた。夕方なのにまだ暑さが残っていて、湿気でふくらんだ空気がTシャツから突き出た腕にまとわりつく。風はほとんどなくて、民家の塀からはみ出した木々の枝が絵のようにぴたりと静止していた。暑いのに気持ちいい、いや、暑くて気持ちいい、夏の夕方だった。

「郁のお母さん、いい人だね」

「昔からなんでも話すからねー。あたしが病気なせいで、運命共同体みたいなところがあったかも。まぁ、もちろん、どの親子も多かれ少なかれ運命共同体だよ？　でもうちの場合は普通より切実だったからさ」

一瞬でも郁を羨ましく感じたことを思い出し、そして郁の家とは正反対の雑然として彩りを欠いた我が家を思い出した。お母さんはずっと仕事で忙しくしていて、最低限の掃除をするだけで家を飾る楽しみを持つ暇もなかったんだからしょうがない。それどころか口を開けば叱られるばかりで、郁と郁のお母さんみたいに楽しく笑い合いながら会話をすることもなく過ごしてきた。わたし自身、お母さんに提供できる明るい話題を持っていなかった。友だちを作らないで過ごすと、学校は刑務所のようなものでひとに語りたいと思える楽しい出来事なんて起こらない。

「絆のお母さんも、絆がちゃんと話せば、いい人になるよ」

わたしの心を読んだかのように郁が言った。電柱の横をすうっと飛んでいくトンボの羽が、西日を反射させ虹色に輝いていた。

「挨拶しただけだからどういう人なのかちゃんとわかんないけれど、絆のお母さんだって、本当はいい人だよ」

「どうしてそう思うの？」

「だって、絆、いい子だもん。絆を育てた人なんだから、いい人に決まってるよ」

「わたし、いい子かなぁ」

「いい子だよ」

はっきり断定された言葉が、胸の底にゆっくり届いた。ゆっくり、ゆっくり、木の葉が風に吹かれて回りながら地面に落ちていくように。

自分で自分のことをいい子だと思ったことはない。じゃあ悪い子ってなんなのかって話になるけれど、SNSの世界に逃げ込んで、自分の身体を傷つけて、可哀相な自分に酔って生きてきた子は、少なくともいい子ではないだろう。わたしのかつての行為に眉をひそめる人はたくさんいるだろうし、現に郁もそのひとりだった。

でも郁はわたしをいい子だと言ってくれる。わたしのいい面を見てくれている。

郁の言葉を信じようと思った。

「もっといい子になりたいな。いい子になって、もっときちんと、真面目に、生きたい。郁みたいに」

「四月に教室で見た絆は、生きてるのに死んでるみたいだったもんね。病気でもないのにわたしよりずっと、死に近いところにいた」

「そんなこと思ってたの。ひどい」

「今は大丈夫だよ。絆、きちんと生きてる。生きるって、ただ心臓が動いて、息を吸って、ご飯を食べてるってことじゃないんだよ」

「うん」

「あたし、最後までちゃんと生きていたいな。自分でご飯が食べられなくなって点滴で栄養打ち込んで、呼吸器つけないと息ができないようになっても。最後まで生きること、諦めたくない」

そこで間ができた。遠くない未来に訪れるその出来事をふたりとも、考えていた。

こつんこつん、郁のサンダルがアスファルトを叩く音に、わたしのスニーカーの音が重なる。沈黙に色を添えるその音が奇跡のようで、そのとおり、郁がここにいること、わたしがここにいること、ふたりが一緒にいること、それは奇跡そのもので、叫び出したいような気分になっていた。

郁と友だちにならなかったら、わたしはきっと今も生きているのに死んでいるみたいに毎日をただノルマのごとく消化していただろう。

前から近づいてくる見慣れた制服姿が和義くんだと気付いたのは郁が先だったか、わたしが先だったか。目が合うと和義くんは少し驚いた顔をした。三人で道の端っこに立ち止まる。

「お前ら、今まで遊んでたの？」

「うん、あたしん家に来てもらってたの。卒業アルバム見たから、絆、和義の小さい頃の顔知ってるよ」

郁は得意げに言って、和義くんは複雑そうにわたしを見た。

「和義は何やってたの？　制服で」

「補習だよ。国語の成績悪過ぎて」

「夏休みだってのに、成績悪い人は大変だね」

「うるせぇよ、お前だってひとにそんなこと言えるほど頭良くねぇじゃん」

「言ったなー」

郁が和義くんの肩を小突いて、ふたりの間で炭酸水みたいに笑顔が弾ける。なんだかんだ、仲が良いんじゃないか。仲良きことは美しきことかな。そんな言葉もあるくらいなのに、なぜかお腹がぞわぞわとして落ち着かない。

「毎日何してる？」

「何って、別に普通だよ。絆と冷やし中華食べに行ったり、絆と夜の公園で花火したり、絆とファミレスで宿題やったり」

「本当に普通の、高校生の夏休みだな」

「まぁね。今度さ、絆と一緒に東京行くの。渋谷で買い物して、夜はハニバスのライブ観に行くんだ」

「ふぅん」

和義くんの相槌の裏に、言葉に出さない感情が込められていた。

本当は和義くんはわたしと一緒の郁じゃなくて、ひとりでいる時の郁とばったり出会いたかったんじゃないだろうか。ふたりで話をして、さっきみたいに笑って、悪口言ったりふざけたりして。そんなことをできる時間はあと少ししかないんだから、郁のことを好きな和義くんがそうしたいと思うのは当然だ。

「ねぇ、和義くんも一緒に東京、行かない？　ふたりじゃなくて、三人で行くの」

「え」

「へ」

ふたりがほぼ同時に声を上げた。我知らず、両手を握りしめていた。爪が当たる手のひらが、かあんと熱を持っていた。

「郁、最近わたしとしか一緒にいないでしょ。そんなの、郁らしくないよ。郁がにぎやかなところにいるほうが、わたしは好き」

本音では、和義くんに郁との思い出を作ってあげたかった。気持ちを伝えることはできなくても、元気な頃の郁の記憶を、これから先の人生ずっと大事にしていける記憶を、郁への想いと一緒に持っていてほしかった。郁の残り時間をわたしがひとり占めしちゃ、いけなかった。

「それに単純に、ふたりより三人のほうが、きっと楽しいもん」

「なんか、絆にしては珍しいこと言うねぇ」

「え、そうかな」

たしかに、以前のわたしだったら、こんなことはとても言えなかった。でも今は、ひとのために勇気を出したいと思っている。勇気を出す気持ち良さを味わっている。

あぁ、わたしは今、生きている。きちんと、生きている。

「俺は行ってもいいよ。ハニバス、割と好きだし」

行きたい、じゃなくて行ってもいい、なんて言い方をするところが素直じゃない。祈るような気持ちで郁を見ると、真剣な顔で考え込んでいた。

「そういえば、和義と一緒に遊んだのって小学校の頃以来だもんね。女ふたり旅って響きがよくて浮かれてたけど、ひとりぐらいおじゃま虫がいてもいっか」

「誰がおじゃま虫だよ。ていうか郁の親、許すの？　男と一緒に一泊旅行なんて」

「女ふたりに男ふたりだったらそれこそダブルデートみたいでヤバいけど、もともと絆と計画してた旅行に和義がオマケ的にくっつくんだから大丈夫でしょ。だいたいうちの親の頭の中じゃ、和義は小学生から成長してないし」

もう小学生ではない和義くんが、なんだよそれ、と呆《あき》れたように笑った。


立秋《りっしゅう》と言って暦《こよみ》の上では八月上旬に秋が来て、その二週間後には処暑《しょしょ》と言って暑さが落ち着くと昔から言われている。でも夏休みも終わりかけたその日は、立秋も処暑も無視して世界全体が熱帯地帯になったみたいに暑かった。

普段はほとんど使うことのない大きな駅の改札で待ち合わせして、三人で新幹線に乗った。窓の外を時速二〇〇キロメートルで流れていく景色は地方から都会へとだんだん変わっていって、過去から未来にタイムスリップしているような感じがした。せっかく新幹線に乗るんだからと駅弁を買い、わざわざ三人で違うものを選んでおかずを交換した。里芋の煮物はお母さんが作るものとは全然違って、濃い味が口の中でいささか過剰な主張をした。

空港と見間違えそうなほど巨大な駅で降り、山手線のホームを探す。いったいどこからかき集めてきたのかと思うぐらい、どこもかしこも人だらけだ。いかにもおのぼりさんらしく三人できょろきょろしながら歩き、ようやくホームにたどり着いて電車に乗った。電車の中も人が多くて、心なしか地元で乗る電車より狭く感じた。実際都会の電車が田舎の電車より狭いなんてことはたぶんないはずなんだけど、肌で感じる狭苦しさに呼吸がしづらかった。電車と一緒に、肺も縮んだのかと錯覚しそうだった。

「わー、渋谷だ」

ハチ公の銅像を見つけた途端、郁がここにいることを確認するように大きな声を出した。渋谷の街は人と色彩と情報で溢れていた。誰もがさくさくと速足で歩き、スクランブル交差点では信号が変わるとウェーブのように人ごみがうねる。街全体がカラフルな広告にごちゃごちゃとラッピングされ、ひしめくビルたちはまさにコンクリートジャングルだ。空のぼんやりとした青い色だけが、地元と変わらない。

田舎で育った高校生として都会に憧れを抱いたことがないわけじゃないけれど、実際目の当たりにしてみれば自分の家がこんなところになくて心底よかったと思う。毎日放課後こんなところで遊び回っていたら、感覚がどうにかなっちゃうんじゃないだろうか。何もかもが多過ぎるのが当たり前の環境は、脳細胞をひどく疲れさせる。実際、まだ渋谷に来たばっかりなのに、早くも倦怠感《けんたいかん》がずしりと背中に乗っかっている。

でも郁はというと全然へっちゃらで、はじめての散歩に連れ出してもらった子犬みたいにテンションが高い。

「あそこでカメラ持ってる人何!?　あ、マイク持ってる人もいる！　テレビの街頭インタビューじゃない!?　声かけてみよっか」

「絶対やめて」

「見てあのトラック！　広告がヤバい仕事の求人サイトだよ！　話には聞いてたけど、東京ってああいうのが普通に走ってるんだね。すごー。写真撮っちゃお」

「そんなの撮ってどうするの」

「せっかくだから絆と和義、そこ並んで！　トラックと一緒に撮る」

「ナニ和義、絆とのツーショットに照れてんの？」

「俺を巻き込むな」

「別に照れてねぇっ」

結局トラックをバックに、仏頂面の和義くんとちっとも面白くないギャグ漫画に失笑を浮かべたような顔のわたしの写真が一枚、郁のスマホに収まった。撮る一瞬だけ、すぐ隣に和義くんがいる右肩が、すごく熱かった。

いったいどこからどうやってかき集めてきたのかと思うほどの人ごみの中、三人で周りの速度に合わせてゆっくり歩くと、なかなか進まない。１０９につく頃には汗で

Tシャツが気持ち悪く背中にはりついて、喉はからからで、背中の倦怠感がさっきの十倍になっていた。渋谷はわたしにはあまりにも刺激の強い場所だ。

そしてここから先はさらなる勇気と覚悟を必要とする。

「ねぇ郁、本当にこの中、入るの？　入らなきゃだめ？」

「何言ってるの、マルキュー行くために新幹線乗ってここまで来たんじゃん！　嫌なの？　入るの」

「嫌っていうか。だって、わたし、こんなんだし。みすぼらし過ぎて、マルキューの中じゃきっと浮いちゃうよ。相応しくないっていうか」

109《マルキュー》を出たり入ったりしている女の子たちは、みんなわたしや郁と同い年ぐらいなのに、ファッション雑誌の中から抜け出してきたみたいで、垢ぬけている。こんな子たちがひしめいているビルの中にひとりわたしがいたら、ジェリービーンズの缶の中にひとつまぎれこんだ石ころのように、きっと悪目立ちしてしまう。しかも隣にいるのは可愛くてきれいでおしゃれな郁なんだ。

「なんだよ、それ言うなら、俺のほうが浮くじゃん。この中、女ばっかだぜ。しかもカップルじゃなくて女ふたりに男ひとりの組み合わせなんて、意味わかんねぇし」

和義くんが口をとがらせて言った。そんな意味のわからない組み合わせでも思い出の旅行を決行するあたり、やっぱり和義くんは郁を好きなんだと思った。

「そうだよ、てかさ、みすぼらしくてマルキューに相応しくない絆を、可愛くてマルキューに相応しい絆にコーディネートするためにここに来てんじゃん？　ここで臆してどうするよ。虎穴に入らずんば虎児を得ず」

さらりと郁にひどいことを言われた。

「案ずるより産むがやすし、とも言うよな」

「そうそ、案ずるよりさっさと中入っちゃえば気が楽だって。ほら行くよ」

「え、ちょ、ま」

郁にぐいと手首を掴まれ、半ば引きずられるようにしてわたしは109に入った。一歩後ろを和義くんがてくてくついてくる。

外は夏の最中なのにファッション界は既に秋物を推していて、マネキンたちは毛布を洋服に仕立てたようなニットやら、ファーがたっぷりあしらわれた、見ているだけで全身の汗腺が刺激されそうな恰好をしている。わたしはとにかくそわそわして、きらびやかな洋服から発されるオーラみたいなものにすっかり気圧《けお》されて、頭が酸欠になりそうだった。

「絆さー、これ似合うんじゃないの？」

郁に差し出されたのは、猫の顔が入ったマスタードイエローのTシャツだった。大きなプリントもぱっと目を惹く黄色も、着る前から身体が拒絶していた。

「そんな派手なの、無理だよ。とても着られない」

「えー、似合うと思うけどなぁ。和義、どうよ？」

「いいんじゃねぇの？」

投げやりのように和義くんが言った。さっきも言ってたけれど、女だらけの空間に足を踏み入れてしまって、いよいよ後悔しているのかもしれない。

「そんな適当なコメントしないでよー」

「適当じゃねぇよ、本当にいいって思ってるって」

「だってさ、絆。とりあえず試着してみなよ」

「え、でも」

「ほら下は、これとかいいんじゃない？」

結局そのTシャツと下に合わせるショートパンツと共に、試着室に押しやられた。

なんでこんなことになってしまったんだろう。

わたしなんかがおしゃれしたところで、何の意味も無いのに。

帰りたい、と三十回ぐらい思いながらマスタードイエローのTシャツに袖を通す。

鏡を見ると案の定、まったく似合っていなかった。小学生がぶかぶかの服を無理やり着ているような違和感がある。ジーンズを脱いでショートパンツにしたらましになるだろうか。かすかな希望を込めて穿き替えて、中途半端な位置で手が止まった。

なんで今まで忘れていたんだろう。似合う似合わないの次元の問題じゃなかった。わたしの太ももには、右も左も白い傷跡が縦横無尽に走っていて、まるで前衛的な抽象画みたいになっていた。

制服のスカートを長いままにして私服はズボンで過ごせば問題ないから、隠さなければいけないという意識が希薄になっていた。こんな短いショートパンツを穿いたら見えてしまう、という単純なことに思い当たらないくらい。

「着られたー？」

カーテンの向こうから郁の声がする。郁にこの太ももを見せるわけにいかない。というか誰にも、見せちゃいけない。血こそ溢れていないけれどこれは内臓よりもグロテスクなもので、他人に見せるべきじゃない。

「ごめん。わたしこの服、買わない」

カーテンの隙間から顔だけちょこんと出して、身体を見せないようにして言った。郁が予想通り怪訝な顔をした。

「なんで？　サイズ合わなかった？」

「いや、無理」

「何？　まだ着てないの？」

「着てる」

「じゃあ見せてよ」

「だから無理だってば」

「なんで？」

郁の声に苛立《いらだ》ちがこもる。傍から見たらわたしの行動はわけがわからないだろう。冷や汗をかく脳みそをフル回転させて、理由を探す。似合わないから嫌。足が太いから嫌。試着は他人に見せない主義だから嫌。どれも、特に三番目のは無茶苦茶だ。

「とにかく見せるの嫌」

「だからそれがおかしいでしょ」

「絶対嫌」

「なんでそこ意地張るのよ、ねぇ、開けてよー」

「嫌だってば！」

「お前ら、何やってんだよ」

和義くんの手が反対側からカーテンを一気に開けた。

分厚いカーテンに遮られていた試着室の中が明るくなる。ふたりの視線に晒され、一歩も動けない。痛みを感じない傷口から、血でないものがさあっと溢れていくような気がした。

でもそれは、ほんの二、三秒のことだった。

郁が隣にいる和義くんの頰を思いきり叩いた。ぱぁんと甲高い音がして、和義くんが郁をきっと睨みつけた。わたしはすぐにカーテンの裾で自分を覆い隠す。

「お前いきなり何すんだよ」

「あんたが絆の脚エロい目で見るから」

「ハァ⁉ 俺、脚なんて全然見てねーよ！」

「それ以前に、試着室無理やり開けるとか最低。痴漢と一緒だよ！」

「郁だって開けようとしたじゃねーか！」

大声で言い合うふたりの前で、なんとなく、和義くんは本当にわたしの脚なんて見ていなかったのだと思った。Tシャツを見て、それから全体を見る、その前に郁が頰を張ったんだ。

つまり、郁は太ももの傷に気付いていた。

「絆、着替えたらトイレ行こう」

有無を言わせぬ口調に頷くしかない。服を元通りにしてTシャツとショートパンツを店員さんに返し、店の外に出る。

郁は、あの傷に気づいている。猫に引っかかれたものだとでも誤魔化すべきだろうか。余程狂暴な猫じゃないと、あれほどの傷はつかないけど。

無言でトイレの列に並び、順番が来ると前にいた郁に手首を引っ張られた。何するの、と言う間もなく個室に連れ込まれ、鍵をかけられる。

これは他人には見つからないところで、傷のことをカミングアウトしなさいということだろうか。それしか思いつかない。

わたしは唾をこくりと飲み下した。

「あのね、郁」

「変身するよ」

「え？」

「絆はこれから、あたしの手で可愛い女の子に変身するの」

言いながら化粧ポーチを取り出す。

「絆は絶対、可愛くなるよ。あのTシャツが似合う可愛い子になる」

唖然《あぜん》とするわたしの顔を郁は真剣な目で見つめ、まずは化粧水をスプレーする。そんなものを肌につけたのは生まれて初めてだった。お肌のお手入れなんてきれいな人がやるからこそ意味があるもので、わたしには必要ないと思っていた。

郁の手のひらの中で、自分の顔がどんどん変わっていくのがわかる。ファンデーションを塗られ、目もとをペンみたいなものでいじくられ、頬をぽんぽんと丸いスポンジではたかれて、肌の上にアートを施されているような感覚だ。

最後に唇にグロスを塗って完成。溶けてべたべたになったゼリーをのっけているような違和感が拭えない。でも、郁はこれでよし、と微笑んでみせた。

「絆、すっごい可愛くなった。やっぱあたしの読み通り。化粧映えする顔してるね」

「そ、そうなの……？」

「自分で見てみなよ」

背中を押されて個室を出て、洗面台の前でおずおずと鏡の中の自分と対面する。目が大きくなっていた。顔が小さくなっていた。頬が健康的なピンクにふんわり染まっていた。たしかにわたしは変身していた。

「なんか、顔、縮んだ気がするんだけど……郁、なんかした？」

「シェーディング入れたからねー」

「何それ」

「説明はあとで。さっきの店戻るよ！」

店の入口で待っていた和義くんが、わたしを見て驚いた顔をした。

さっきの店に戻って、同じTシャツを試着した。下はショートパンツじゃなくて、カーキ色のロングスカート。鏡の中には今どきのファッションに身を包んだ、まぁまぁ見られる顔のわたしがいた。さっきと同じTシャツを着ているのに、着心地がまるで違った。服に着られているんじゃなくて、ちゃんと服を着ている感覚。

「着た？　見せてー」

カーテンの向こうから催促される。着ているところを見て郁はおうと嬉しそうな歓声を上げ、和義くんはもう一度驚いた。

東京観光付き合ってくれたお礼ね、と服の代金は郁が支払ってくれた。いいのにと言っても聞かなかった。


東京湾はしっとり深い群青色で、渋谷よりもすっきりとしていてどこか冷たい街の雰囲気とよく合っていた。

「あの男の子たちも、ハニバスのライブ行くんだよ」

新木場の改札を抜けてすぐ、郁が耳打ちした。振り返って、三人組の男の子たちを確認した。たぶん同い年ぐらい、サブカル系というのか、おとなしそうな子たちだ。

「なんでわかるの？」

「みんなハニバスのTシャツ着てたもん。去年のツアーで売ってたロゴT。あたしが着てるのもハニバスのなんだ」

「そうなの？　随分可愛いから、バンドのグッズだって思わなかった」

「咲良《さくら》がデザインしたんだよ。可愛いよね」

咲良というのはｈｏｎｅｙ《ハニー》　ａｎｄ《アンド》　ｂａｔｈｒｏｏｍ《バスルーム》、通称ハニバスのメインボーカルで、すべての曲の作詞作曲を担当している。熊本県出身、現在二十三歳のおうし座。趣味は映画鑑賞（主に洋画）、好きな食べ物はシュークリーム、嫌いな食べ物はアボカド。影響を受けたアーティストはビートルズ、ニルヴァーナ、セックス・ピストルズ、カーペンターズなど。すべてのシングル、アルバムのジャケットの絵は彼女の手によるもので、アートの才能も開花させている。

すらすら言えるくらい、暗記してしまった。郁がさんざんしゃべっていたからだ。

「ここまで来て言うのもあれだけどさ。お前、本当にライブなんて大丈夫なのかよ」

和義くんがスポーツドリンクのペットボトルを傾けながら言う。細い首には不釣り合いなしっかりした喉ぼとけが、こっくんと上下した。改めて和義くんが男の子で、わたしや郁とは全然違う生き物だと意識する。

「二時間も立ちっぱなしなんだろ？　身体、平気なのか？」

「大丈夫だよ、お医者さんにもちゃんと相談して、許可もらってるんだから」

「気分悪くなったらすぐ言えよ。どんだけ郁が元気な気持ちでいても、身体はそうじゃないんだから」

「わかってるってばー。何よ和義ってば、まるで保護者みたいに」

「保護者だよ。東京いる間は俺と絆が、郁の保護者」

そうだろ、と言う代わりに和義くんがわたしに目配《めくば》せをした。どぎまぎして頷きながら、なんでどぎまぎしなければいけないのか、わからなかった。

　ライブ会場は、熱気に満ちていた。高揚感と期待が人々の身体から溢れて、空気を二倍にも三倍にも膨らませている。

「あー、ハニバス、久しぶりだなぁ。今年の三月以来」

「久しぶりって、たったの五か月じゃないの」

　そう言ってから、わたしは気づいてしまった。たった、じゃない。余命宣告の前のことだった。すると気にかけたふうもなく、郁は笑った。

「たった五か月でも、久しぶりなんだよー。ほんとは毎日咲良見たいもん。DVDは毎晩観てるけど、それじゃあ足りない」

「ねぇ、郁のハニバスの、咲良に対するそれほどの思いっていったい何なの？　恋じゃないよね？　ハニバスはガールズバンドだし、咲良は女の子だし」

「恩人、みたいなものかな。もしくはヒーロー。夜とかどうしても苦しくなって、いろんな感情がぶわっと吹き出して頭が破裂しそうになって眠れなくて、そういう時にDVD観るの。めちゃくちゃ恰好良くて可愛い咲良見てると、明日も生きようって気になれるんだ。そういう気持ちにしてくれるの、ハニバスだけだし」

　まだ機器の調整中で、係の人がギターやベースをういぃーん、ぎゅいぃぃーん、と鳴らしているステージを見つめながら、郁がうっとりと言う。

郁はわたしにほとんど弱音を吐かない。死に対する恐怖とか若い身体で強制終了されてしまう絶望とか、いろいろあるはずなのに、いろいろあって当たり前なのに、それをわたしに告げることはしない。友だちだからって、親友だからって、そのへんは距離を置くべきだと思っているのか。もしくはそんなことわたしに話したからって返答に困るだけだと知っていて、あえて口にしないのか。いずれにせよ、わたしじゃなくてハニバスを精神安定剤として頼っていることに、嫉妬のようなものを覚えた。

会場がにわかに暗くなり、客席にわあっと歓声の波がうねる。まずステージに登場したのは、ドラムの亜香里《あかり》。次にベースの結衣《ゆい》。ギターの里桜《りお》に、最後にひときわ大きな声援に出迎えられ、ボーカルの咲良が登場する。咲良は女の子にしては背が高くて、金髪のショートカットが似合っていて、Tシャツにデニムというラフな恰好をモデルみたいに完璧に着こなしていた。マイクを握っても、彼女を讃《たた》える声は止《や》むことはない。咲良ー、咲良ー、と男の子も女の子も全身から声を振り絞って叫んでいる。

郁は叫ばなかったけれど、初めて遊園地に連れて行ってもらった子どものように瞳がらんらんと輝いていた。郁は本当にハニバスが、咲良が、好きなんだ。

『どうでもいい話をします。子どもの頃、クラッカーが苦手でした。子どもの会のお楽しみ会とか、友だちの誕生日会とか、そういうので使う、三角の形をしたアレです。ぽんって音が一斉に会場いっぱいに轟《とどろ》くと、マシンガンを全身に食らってるみたいで、本当に怖くて、耳を塞いでいました』

本当にどうでもいい話だ。なんで一発目のMCにこんな話を選んだのか、咲良の意図がまったくわからない。でもそれがハニバス流で、会場のあちこちで笑い声が聞こえ、隣で郁も笑っていた。今この瞬間も秒単位ごとに病魔が全身を侵食しているなんて、誰も信じないような、秋晴れの空みたいにからんとした笑い声だった。

『人一倍音に敏感な耳を持っていて、大きな音が苦手なくせに、大きな音に長時間囲まれるライブをやっています。大きな音は今も苦手だけど、ライブをするのはすごく楽しいです。楽しく歌うので、みなさんもどうか、楽しんで聴いていってください』

うぉー、とあちこちで雄たけびが上がり、咲良が薄い唇で微笑む。まもなくドラムが走り出し、ベースが規則正しく低音を刻み、ギターが悲鳴を上げる。音に重なる、咲良の全力疾走するような声。女の子なのに可愛らしさや甘さとは無縁の、野太い声。曲に合わせて、観客は腕を振り、手拍子を打ち、頭を揺らす。郁は咲良と一緒に曲を口ずさみながら、ぴょんぴょんウサギみたいに跳ねていた。わたしも曲なんてろくに知らないのに、一緒に跳ねていた。隣で和義くんも跳ねていた。

初めて来たけれど、ライブの楽しさがすぐにわたしにも理解できた。演者が、お客さんが、一体となって、束《つか》の間《ま》のカーニバルを作り出すことなんだ。

『いやー、しかし毎日、暑いですね。こう暑いと、たまんないですね』

二曲続けて歌った後、また長めのMC。咲良のしゃべり方はのっぺりしていて、テレビで見るタレントのように上手くない。でもそこがいいのだと、前に郁が言っていた。しゃべりが面白かったらつまんないじゃない、と。

『地球がこのままどんどん温暖化していったら、いずれ日本がハワイみたいになるのかな。それはそれで楽しそうですけどね。毎年三月から海開きとか。でもあたし、泳げないからあんまり意味ないなぁ。てか、温暖化が楽しいとか言っちゃいけないですね。温暖化が進むと、南極の氷が溶けちゃって、ペンギンたちが住処《すみか》を失うんですよ。人間の住処がなくなる分には別にいいじゃんって思うけど、ペンギンたちが住めなくなるのは悲しいですね。そんなわけで、次の曲です』

ピアノも巧《たく》みな結衣がぽろろんと甘い音色を奏で、その上に咲良の狼《おおかみ》の遠吠《とおぼ》えのような声が重なる。ハニバスには珍しい、しっとりとしたバラードだった。誰も跳ねない。誰も腕を振らない。ただ、会場に集められた千人以上の人たちが、咲良の声に真摯に耳を傾けている。叶わない恋を歌った、切ない曲だった。切なくて胸をかきむしられそうで、そんな経験はないのに、届かない、どこにも行き場のない思いが胸の中で暴れ回って心臓を破壊しそうだった。CDで聴いただけじゃ、伝わらないもどかしさと切実さ。生で聴く音楽は、体験したことのない体験を本物にする。

二時間は、あっという間だった。

『次は最後の曲です』

咲良が高らかに告げると、会場のあちこちから、えー、えー、と楽しい時間の終わりを惜しむ声が上がる。それに応えるように、咲良がマイクに顔を近づける。

『本当はずっと、生きてる時間全部使って、ライブしてたいんです。テレビなんて出たくないし、雑誌の取材なんて受けたくない。ライブやって、こうしてみんなと一緒いる時が、いちばん生きてるって感じがするんです。でも、みんなのために歌ってるんじゃない。もちろん、あたしの歌でみんなを元気にさせられたら素敵だなとは思うけれど。やっぱりいちばんは、自分のために歌ってるんです。自分のために歌わないと、みんなを元気にさせられないと思うから』

わぁー咲良ー。

咲良好きぃー。

会場のあちこちから上がる声が、自分の喉から溢れたもののように思えた。ちらりと隣を見ると、郁はうっすら涙を浮かべていた。郁は残り少ない命を燃やして、感動に湧いていた。そんな姿を見ると、わたしの頰にも一筋、雨のような水滴が伝った。

郁が大好きだ。わたしを109に連れて行ってくれて、可愛くメイクしてくれて、ハニバスのライブを見せてくれて、知らない世界の扉を一緒に開けた。こんな素敵な女の子は世界じゅうどこを探しても、きっと見つからない。

　最後の曲はファーストアルバムのいちばんめに入っている、ハニバスの代表曲だった。わたしも郁に絶対聴いてとせがまれて何度も聴いて、リズムと歌詞が身体じゅうに、細胞のひとつひとつにまでしみ込んでしまった、硬質なロック。女の子が考えたとは思えないエロくて刺激的な歌詞と、百メートルを全力疾走しているようなリズムが会場の空気を痺れさせる。途中で咲良が嫌いと言っていたクラッカーの音が鳴り、きらきらしたディープブルーの紙吹雪が舞った。高速回転しながら降り注ぐ紙吹雪は八月に降る雪のようで、周りのみんなの真似《まね》をして落ちて来た紙吹雪を摑んだ。ただの光る紙だったけれど、ハニバスがくれた、郁がくれた、贈り物のように思えた。

『今日はありがとう。本当にありがとう。みんなは最高の、あたしの親友です』

　そう言ってステージから咲良たちが立ち去り、会場が暗転しても、拍手は鳴り止まない。ぱちぱちぱちぱちぱちぱちぱちぱちぱち。誰も示し合わせてないのに規則正しいリズムで鳴る拍手が、ハニバスを求めていた。

　まもなくステージに再び淡いオレンジの光が灯《とも》り、うわあっとひときわ大きい歓声が上がる。再び咲良たちが登場する。夜空に輝く一番星のように。アンコールだ。

「ねぇ、出待ちしよ、出待ち！　せっかくここまで来たんだもん。初東京ライブ記念にやってみようよ、出待ち」

郁の提案に和義くんは露骨に渋い顔をした。ただでさえ渋谷で女の買い物につき合わされ、ライブに付き合わされ、すっかり疲れ切っているんだ。本音ではわたしも一刻も早くホテルにチェックインして、ベッドにダイブしたかった。

「出待ちって、いったい何時間かかるんだよ。一時間？　二時間？　三時間？　ホテルのチェックイン、十時なんだぜ。あんまり遅くなるとまずい」

「普通のビジネスホテルなんだから融通きくよ、だいじょぶ、だいじょぶ。絆も初出待ち、やってみたいでしょ？　至近距離で咲良たち、見れるんだよ。それってすっごいことなんだよ？」

二時間も立ちっぱなしで文句なしに健康体のわたしですらふらふらしているのに、病気の郁がまったく疲れを見せない顔でそう言うもんだからつい、うんと首を縦に振ってしまった。和義くんがしょうがねぇなぁ、とため息を吐くような声で言った。

出待ちしている人たちは一か所に固まっているので、すぐにわかった。全部で三十人か四十人くらい。ここにいる人みんな、ハニバスの大ファンなんだ。こんな暑い日に新木場まで来て、二時間ライブ立ちっぱなしで、それでもまだまだ立ちっぱなしで待てるくらい、ハニバスが好きなんだ。いったいその情熱はどこから来るんだろう。

でも、ちょっとだけ羨ましいと思った。自分の全存在を賭けられるくらい、好きだと言えるものがこの世にあるのって、とても素晴らしいことなんじゃないだろうか。わたしにはそんなふうに夢中になれるものがまだない。もしかしたら一生見つからないかもしれない。ずっと死にたいと願って、下ばっかり見て生きてきた人間だから。

咲良たちはなかなか来なかった。一時間が経過し、二時間が経過した。和義くんはすっかりうんざりした顔になり、郁は文庫本に目を落としていた。中勘助《なかかんすけ》の『銀の匙《さじ》』だった。読書の趣味が郁と同じだと今さら気付いて、ほんのり感動を覚えた。

二時間半が過ぎた頃、ようやくハニバスのメンバーが登場する。亜香里、結衣、里桜、そして咲良。二時間半待ち続けた人たちはここぞとばかりに咲良たちに声をかけ、四人も笑顔を返していた。まさに神対応。

「今日の咲良さん、すっごく素敵でした！」

「結衣ちゃんのピアノも良かったー」

「元気もらえました、明日からまた仕事頑張れます！」

「今日は本当にありがとうございます！」

それぞれ胸に溜めていた思いをぶつけるファンの人たちを、郁は少し遠くから見ていた。大好きなハニバスが、咲良がすぐ傍にいて、声をかけられるところにいて、でも何を言っていいのかわからない。まるで初恋の人を前にして、もどかしいほどの甘酸っぱさと切なさでうまくしゃべれない小学生のように、形のいい唇が震えていた。

「あの、あのあたし、あと数か月で死ぬんです‼」

咲良がこっちを見た。亜香里も結衣も里桜も、みんなを取り巻いていたファンの人たちも、郁の喉から溢れたひときわ大きい声とその内容にびっくりして、目を見開いていた。でもいちばんびっくりしているのは、言ってしまった当の本人だった。唇だけでなく手も脚も、全身をがたがた震えさせて、郁は言葉を続けた。

「でも、でも、ハニバスの曲を聴いてると、不思議と生きられる気がするんです！今日も明日も明後日も、一年後も十年後も百年後も、自分がまだここにいられる気がするんです！　そんなの絶対ありえないって頭ではわかってても、心がそう思うんです！　あなたの音楽には、力があります。ひとを生きさせる、力があります。だから、これからもどうか、輝き続けてください。あたしの、みんなの、ぴかぴかの一番星でいてください。あなたが輝き続けている限り、あたしは生きていけるんです。呼吸が止まっても心臓が止まっても、生きていけるんです、あたしは――」

郁が上を見た。星なんてどこにも浮かんでいない、地上の明かりで雲の輪郭だけうっすら照らされた真っ黒い夜空を見た。そこに一番星を求めるかのように、上を見た。

そのままのけぞるようにして、郁は目を見開いたままばったりと倒れた。

第三章

秋

控えめな照明で照らされた深夜の病院の廊下はひどく無機質で、最果ての土地みたいに寂しげで、時折看護師が通るとリノリウムの床を打つ足音がやけに高く響いて、その音がいっそう心細さをふくらませた。

わたしと和義くんは固いベンチに人ひとり分開けて座って、処置室からお医者さんが出てくるのを待った。高速をすっ飛ばして東京へ向かっている、郁の両親を待った。電話で郁が救急車で病院に運ばれたと告げた時、郁のお母さんは冷静だった。淡々とわたしを気遣い、和義くんを気遣い、落ち着かせてくれた。結局わたしは無力な子どもで、大人の力なしには何もできないのだと知った。

深夜三時を回った頃、郁の両親は到着した。郁のお母さんは化粧っ気のない顔を真っ青にさせ、初めて見る郁のお父さんは心配のあまり真っ赤になっていた。ふたりを視界に捉えた瞬間、わたしと和義くんはどちらからともなく立ち上がり、示し合わせたわけでもないのに深々と頭を下げた。

「この度は、本当にすみませんでした」

和義くんが言った。わたしも謝るべきだったけれど、娘の命が危ぶまれている状況で自分まで死にそうなほどに心を張りつめさせている郁の両親を目の前にしたら、言葉は喉の奥でつっかえて、石ころみたいに固まって、何も出てこなかった。

「郁が東京にいる間は、俺と絆がしっかりしなきゃいけなかったのに、こんなことになってしまった。本当にすみませんでした」

「いいのよ、和義くん、絆ちゃん。頭を上げてちょうだい」

その声は苦しいほど優しくて、顔を上げると潤んだ瞳と目が合った。郁のお母さんの隣で、お父さんは唇をぎゅっと引き結んで両手をグーの形にして、じっと何かに耐えていた。

「あの子の東京旅行を許したのは、わたしたちだから。逆に和義くんと絆ちゃんにこそ、迷惑かけてしまってごめんなさいね」

ごめんなさいはわたしのほうだ。郁が元気だからあまりに安心していて、ごめんなさい。こんなことになる可能性を忘れてしまっていて、ごめんなさい。郁と一緒にただ東京観光を楽しんでいて、ごめんなさい。言いたいことはたくさんあるのに、どれも石ころだ。自分のコミュニケーション能力のなさが、ほとほと嫌になる。

「徳川郁さんのご家族の方ですか」

処置室のドアが開き、白衣姿の人が姿を見せた。一目でお医者さんとわかる。すがりつくように郁のお母さんがお医者さんに詰め寄る。

「郁は。郁は、大丈夫なんですか」

「熱中症と過労ですね。ただ、持病があるとのことなので、今晩はこちらに泊まってもらい、明日にでもかかりつけの病院で検査を受けたほうがよいかと」

「つまり、命に別状はないんですね」

「はい、それは大丈夫です」

へなへなと郁のお母さんがその場に崩れ落ちた。しばらく声もなく、お母さんは泣いていた。


学校はやっぱり嫌いだ。絶頂の若さを誇り、体力と気力を持て余した高校生たちはスズメの集団みたいに騒々しくて、憂鬱を増幅させる。授業は脳が退化しそうなほど退屈で、休み時間はつくづく孤独を思い知らされ、昼休みに購買の前にできる列はうんざりするくらい長い。それでも同じ教室に郁がいるというだけで、心が真冬にココアを飲んだ時みたいにほっくりほぐれていくのに、その郁もいなくなった。

夏休みの終わりに入院して以来、二学期になっても郁は一度も学校に姿を見せていない。東京で倒れ、次の日に地元の病院で検査を受けた結果、病気が予想以上に進行していることがわかって即入院となった。思い出作りのためのモラトリアム期間は終わった。もう、今まで通りの生活は続けられない。学校帰りに寄り道することも、互いの家を訪れることも、真夜中に延々と長電話することもできない。

「城野さん、郁のこと、なんか知ってる?」

二学期が始まって一週間目の昼休み、香菜さんに声をかけられた。隣には香菜さんと十五センチ以上の身長差がある亜弥さん。乃慧さんはというと、自分の机でとっくに味のなくなったチューインガムをまだ噛んでいるみたいな顔で頬杖をついている。

「メッセージ返ってこないし、電話しても出ないし。城野さんなら何か、知ってるかと思って」

病室は携帯禁止だから、連絡がつかないのは当たり前だ。でもそれを話すわけにいかない。香菜さんたちにすべてを話せば、郁との約束を破ることになる。

「夏休み前あんなことがあったから、ずっと連絡してなかったんだよね」

亜弥さんがわたしの顔を見ないで言う。郁が友だちと喧嘩したのは、乃慧さんと香菜さんと亜弥さんがわたしの悪口を言っていたからだ。本当ならわたしとこうして顔を合わせるのなんて気まずいはずだし、口もききたくないだろう。

それでもこうして声をかけてくるのは、郁を心配しているからだ。わたしにとって郁が大事な親友であるのと同じで、この子たちにとっても郁は特別な存在なんだ。

「まさかこのままいなくなるとかないよねって、みんなで話してたの。友だちと喧嘩したくらいで学校辞めるなんてありえないけど」

「学校辞めるような事情があるかもしれないのに、なんにも話してもらえてなかったのが辛いよねー。城野さん、何か聞いてない？」

すがるような四つの目に、心臓をきゅっと絞られる。血みたいな涙みたいな目に見えない液体が、心の奥から溢れて体の芯を冷やしていく。

郁がずっと悩んで、葛藤して、答えを出せなかったことに今直面している。同情なんかされたくない、可哀相な子だと思われたくない、友だちの前では最後まで元気な徳川郁でいたい。郁のそんな気持ちがわからないわけじゃないけれど、この子たちが心から郁を心配している気持ちは痛いほど伝わってくる。

確かなのは、わたしが今、いい加減なことを言ってはいけないってことだ。答えを出すべきなのは郁で、病気のことを告げるのは郁じゃないといけない。

「ごめん、何も知らない」

か弱い声で嘘をつくと、香菜さんはそう、と残念そうに言った。

病院のロビーはざわざわしていて、診察に来た人、面会の人、パジャマ姿に点滴を付けて歩く入院患者さん、看護師さん、カウンターの中で働き蜂みたいにせかせか動き回る事務の人、さまざまな目的でここにいるたくさんの人たちが独特の雰囲気を作っていた。この中にいる何人かは郁と同じように余命を告げられ、変えることのできない運命と闘っているのかもしれない。また別の何人かは病気の快方を告げられ、重い荷物を背負わされて上っていた坂道がようやく終わり、荷物を手放すことができた思いなのかもしれない。

病院は悲喜が交錯する、人生のドラマが圧縮されて詰まった場所だ。

待ち合わせした和義くんは会計カウンターの前のベンチに腰かけていた。歩み寄るわたしを見つけてスマホをカバンに仕舞いながら立ち上がる。郁が入院して二回目のお見舞いだけど、一回目よりも和義くんの頬は肉を失っているように見えた。ただでさえ痩せているほうなのに。

友だち同士にしては少しよそよそしい距離を取って、ふたり並んで歩き出すと和義くんのほうから口を開いた。

「ゆうべ、うちに電話かかってきてさ。郁のおばさんとうちの母さんが郁のこと話してたんだけど」

「うん」

「たぶんもう、学校には行けないって。経過が良ければ自宅には戻れるかもしれないけど、それも数日だけらしい」

「そう」

「今まで普通の生活ができてたのが、不幸中の幸いだってさ。東京行って、ライブ行って、いちばんの願いが叶って糸が切れたんじゃないかって、おばさん、言ってた」

病魔を抱えて生きていた郁を、かろうじて保っていた心の糸。明るく気丈に振る舞うために、ぴんと張りつめていた糸。その糸がついに切れてしまった今、郁はどんな気持ちでいるだろうか。郁だけじゃない。郁のお母さんも、お父さんも、和義くんも、そしてわたしも、大切なものを失う恐ろしさに否応《いやおう》なしに向き合わされている。どうして郁がこんな目に遭わなきゃならないのか。命を失う罰を与えられるべきなのは、ずっと生きたがっていた郁じゃなくて、ずっと死にたがっていたわたしのほうだ。

郁の病室は四人が入れる大部屋だ。入口の横に貼られた名前の表をちらりと見て、他の三人がみんなお年寄りだとわかる。どれも六十代以上じゃないとあまりない、昔っぽい名前だったから。

改めて思い知る。郁はまだ死ぬには早過ぎる。もっと楽しいことも苦しいこともたくさん経験して、髪が白くなって顔が皺《しわ》だらけになってから、ここに来るべきだった。

「よっ」

和義くん以上に痩せてしまった郁が、相変わらず病人とは思えない陽気な口ぶりで右手を上げる。左手は点滴を交換している最中で、顔を上げた看護師さんと目が合い一瞬互いの呼吸が止まる。

郁の点滴を交換しているのは、うちのお母さんだった。

「もうさースマホ使えないとほんと退屈で死にそう。テレビあるけど、ニュースもドラマもバラエティもマジでつまんなくて、脳みそに苔《こけ》生えるんじゃないかと思った。こんなんじゃただでさえ短い寿命が、余計に削られるよ」

「死にそうとか寿命削られるとか、そういうこと言うのやめろよ。笑えない」

眉をひそめる和義くんに、郁は別にいいじゃん今日明日死ぬわけじゃないし、と聞いているこちらの気も知らないで笑ってみせる。仕事を終えて病室を去っていくお母さんに郁はありがとうを言い、お母さんも仕事用の笑顔を見せた。

「これ、頼まれてたやつ。持ってくるの遅くなっちゃってごめんね」

カバンから五冊本を取り出すと、郁はクリスマスプレゼントをもらった子どもみたいに瞳をきらきらさせた。全部高校の図書室で借りてきたものだ。本来又貸しは禁止なんだけど、別に咎める人もいない。退屈を紛らすには読書がいちばんいいのだ。

「すごいね、坂口安吾《さかぐちあんご》に島崎藤村《しまざきとうそん》。室生犀星《むろうさいせい》もあるー」

「郁がこういうの読むなんて知らなかった。もっと早く教えてくれればよかったのに」

「小さい頃から入院することが多くて、本は人一倍読んでるからね。ライトノベルやマンガも好きだけど、やっぱり昔の人が書いた文章ってめちゃくちゃ恰好いいよ。本が好きだなんて言ったら暗い子だって思われそうだから、高校入ってからは図書室、行ってないけれど」

「わたしも本好きなんだけど」

「あたしは別に本好きを暗いとは思わないけどね。乃慧とかさ、そういう偏見ありそうじゃん？」

そんなふうに言うってことは、つまり、郁と乃慧さんたちは気の置けない友だち同士ってわけじゃなくて、いや、気の置けない友だち同士なりに、いろいろ考えて付き合ってきたってことだ。友だちがいなかったわたしにはよくわからないけれど、女子グループというのはどんなに仲が良くてもたいがいそういうものなのかもしれない。それなら、郁がどれだけ同情されるのが嫌か、可哀相と思われるのが嫌か、その気持ちも理解できる。完全にではないけれど、理解できると言葉にしていいくらいには。

「みんな、心配してるよ郁のこと。新学期が始まってもずっと、学校に来ないから」

「そりゃそうなるよねー」

話題が乃慧さんたちのことになると郁は露骨に顔を曇らせた。言い方は明るいけれど、声が穴に潜ったみたいに暗くなる。

「さすがにもう、限界だよ。病気のこと隠しておくの。今日も郁どうしたのって聞かれて、すごい困った」

「なんて答えたの？」

「知らない、って」

「そう」

郁の目がそこにいない友だちを見ていた。気遣いも駆け引きも必要だったかもしれないけど、それでもたくさんの時間を過ごしてきたことには変わりない。同情され可哀相と思われるのが嫌なのは、それだけその関係が大切だったってことなんだ。大切な関係を壊したくないんだ。

「わたしから話すわけにもいかないから、郁が自分で言ってほしい」

「そうするしかないよね」

小さく顎を動かすと、郁が音のないため息を吐《つ》いた。病室の中は静かだった。カーテンで仕切られた向こうで、隣の人がごそりと寝返りを打つ音が、大きく聞こえた。

「乃慧たち、泣くかな」

「泣くだろうね」

「なんで今まで黙ってたのってなるかな」

「しょうがないよね」

「どうしてあたし、こうなんだろう。最後まで闘うって決めてたのに、いちばん大切なことからは逃げ続けてた。それで絆にまで、迷惑かけて」

「何が正しいかなんてわかんねぇよ」

和義くんの声が心臓を直接打った。そう、何が正しいかなんてわからない。かつて郁が望んだように、乃慧さんたちに何も告げないまま黙っていなくなるのが正解なのか。選択肢はあちこちにあって、どちらが進むべき道かなんて歩いてみなきゃわからないんだ。

「もし俺が郁の立場だったら、やっぱり迷うと思う。そう簡単に決められないと思う。俺は逃げるのは嫌いだけど、逃げるしかない時だって絶対あるよ」

郁が同意する代わりに俯いた。泣きそうになっている顔を見られたくなかったんだろう、ベッドの上で握りしめた手が、本当に小さく震えていた。

「郁は今まで病気のことを言わなかったんじゃない。言えなかったんだよ。同情されるのが嫌とか可哀相って思われるのが嫌とか、そんなの建前だよ。郁は大切な友だちを傷つけたくなかったんだ、優しいから。郁が優しいって、俺は知ってる」

郁は俯いたままだったけど、和義くんの言葉がちゃんと心の底まで届いている証拠に、手の震えがわずかに大きくなった。和義くんはすごかった。前から郁のことを知っていて、郁を理解していて、郁の支えになる言葉をちゃんと言ってあげられる、そういう力を持っている。それはとても喜ばしいことのはずなのに、どういうわけなのか、喉の奥を爪先で引っかかれたようなかすかな痛みを感じた。

「正しいかどうかはわからないけれど、郁は優しいんだから、優しい郁なりのことをすればいい。俺の独断だけど、優しい人は友だちに何も言わないままいなくなったりしねぇよ」

「そうだよね」

ようやく郁が言葉を発した。小さな声だった。


家に帰ると、お母さんが靴箱の掃除をしていた。たたきに靴をすべて出し、四段になった棚に雑巾をかけている。お母さんはお風呂やトイレの掃除はわたしに頼むけれど、家の中の細かい場所の掃除は自分でやらないと気が済まない人だ。

「今日は早いんだ」

「早番だったからね」

簡潔な会話。熱心に雑巾がけをしている背中は無言でわたしを拒絶していて、すぐそこにあるのに海を隔てているみたいに遠い。

だからリビングの隅でスマホをいじっていたら、いきなり声をかけられた。

「絆、ちょっとそこに座りなさい」

「もう座ってるんだけど」

「そうじゃなくて、机の前でお母さんと向き合ってちゃんと座りなさい」

「掃除はいいの？」

つい言い返したわたしに、お母さんは露骨に怒りを顔に出した。

「あとは靴を元通り仕舞えばいいだけだから。それより大事な話があるの」

有無を言わせぬ口調に、言われた通り普段ご飯を食べる机に向かい合って座る。下を見るわたしの前頭部に、まっすぐな視線が突き刺さる。心臓がどきどきと怯えていた。お母さんにこんな顔をされると、わたしはたちまち何かするたびひっぱたかれていた五歳の子どもに戻ってしまう。

「あんた、郁ちゃんの病気のことは知ってる？」

「知ってる……」

「本人から聞いたの？」

病院で会った時点でこうなることは覚悟していたはずなのに、いざとなるとまるで尋問みたいな口調に臆してしまう。でもわたしはもう、五歳の子どもではない。

「五月の時点で、余命半年だったんでしょう？　もう、あと二か月もないよね」

わたしの言葉に、お母さんが黙った。リビングに、かちかちと時計が時を刻む音だけが響く。

お母さんが何を言いたいのか、何を言おうとしているのか、全然わからなかった。確かなのはお母さんは看護師でもあるってことだ。医療の専門家がわざわざわたしに話をするってことは、きっとあまり嬉しい話じゃない。

ちゃんと、自分の言いたいことを言ったらいいじゃないかと、頭の中で冷静なもうひとりのわたしが囁《ささや》く。そのもうひとりは少し、郁に似ている。

「わたし、郁のこと支えたいんだ」

思いきって顔を上げて、お母さんを真正面からちゃんと見て言った。

お母さんは唇をきゅっと固く結んで険しい表情を浮かべていた。その険しさに怯《ひる》みそうになったけど、もうひとりのわたしが頑張れと励ます。

「郁は闘っても勝てないってわかってるのに、最後まで負けないって決めてるから。勝てないことと負けることは同じじゃないから、わたしも郁のこと応援したい。郁はわたしにできた初めての友だちなの。すごく大事な友だちなの。誰かと一緒にいてあったかい気持ちになることを、郁が教えてくれたんだよ。郁の病気を治すことはわたしにはできないけれど、最後の最後までわたしは郁の友だちでいたい」

「あんたねぇ」

氷のような声を正面から突き刺される。お母さんは怒っていなかった。わたしを叱ろうとしているんじゃなかった。それ以上のことを言おうとしているんだった。

「あんた、自分が何を言ってるかわかってるの？」

「何って。病気になった友だちを支えたいと思うのは、当然のことじゃないの？」

「本当になんにもわかってないのね。郁ちゃんの病気はとても大きい病気なの。苦しい病気なの。これから抗がん剤を飲むし、辛い副作用がたくさん出るし、痛みだってある。今はテレビも見られるし本も読めるけど、だんだんそれすらできなくなって、歩くこともできなくなって自分でトイレにも行けなくなる。最後は呼吸も機械の力でやっとできるようになって、ご飯も食べられなくて声も出せなくて、がりがりに痩《や》せ細っていくのよ。そんな郁ちゃんを支えるって、どういうことかわかってるの？」

わかってなかった。ちっともわかっていなかった。

今まで郁の明るくて元気な面だけ見ていて、郁が病気であることを忘れる瞬間もたくさんあった。死ぬまでにやりたいことリストをひとつひとつクリアしていことで郁を支えているつもりでいたけれど、そんなのわたしの自己満足に過ぎなくて、状況は良くなるどころか秒単位で悪くなっている。郁を本当に支えるのはこれからで、それがどんなに大変なことなのか、ちゃんと想像できてすらいない。

「覚悟もできていないくせに、支えるなんて簡単に言わないでほしいわ。郁ちゃんはこれからあんたの想像以上に辛い目に遭うし、そんなに大事な友だちなら、あんただって辛い思いするのよ。本当に受け止められるの？」

「じゃあ、郁をほうっておけっていうの？　こんなに仲良くなって、親友になって、病気がひどくなったからって見捨てるの？　そんなの、絶対間違ってる」

険しいお母さんの顔と向き合っていると、今にも容赦ない攻撃を浴びせられそうな恐怖で心臓ががくがく震えて、血液が逆流しそうで、それでもまっすぐ目の前の瞳を見つめた。ずっと、お母さんに自分の意見を言ってこなかった。どうせ、養ってもらっている子どものくせに偉そうに、って一蹴されると諦めていたから。傷つけられることを怖がっていたから。

この瞳から逃げ続けていたら、いつまでもわたしは子どものままだ。拒絶されてひっぱたかれて、親にびくびくしている無力な子ども。あの頃と今とそんなに変わっているとは思えないし、十六歳は世間から見たら全然子どもだ。

でも、まだ子どもだもん、どうせ子どもだもん、子どもでいいもん。そんな気持ちでいる限り、永遠に大人にはなれない。

「郁はわたしの親友だよ。親友が病気と闘ってるんだから、わたしなりにできることを精一杯してあげたい。そう思うのがそんなに悪いことなの？」

「考えが甘すぎるのよ！　これから郁ちゃんがたどる道は過酷なの。郁ちゃんのお父さんやお母さんだって、どう支えていくかすっごく悩んでるのよ？　親ですらそうなの。ましてやただの高校生のあんたに、できることなんてないわ」

「なんで、できないって決めつけるの?」

発した声は低く、静かな怒りが滲んでいた。わたしがそんな声を出すことに少なからず驚いたんだろう、お母さんが目を丸くする。

ずっと逃げていた。人を避けて、紅葉を憎んで、SNSの世界に依存して、自分の身体を傷つけて、死というファンタジーの夢に浸っていた。ひたすら逃げることしかしてこなかった。だからもう、逃げたくない。

逃げることしかできない時もある。

でも逃げたらいけない時もある。

少なくとも今逃げたら、わたしは本当に自分のことを嫌いになってしまうだろう。

わたしは郁みたいに、自分のことを正々堂々、好きでいたい。

「なんて言おうと無駄だよ。わたしはなにがなんでも、郁の親友でいるから」

「……勝手にしなさい」

お母さんは不機嫌な言葉を投げつけて立ち上がって、玄関の掃除に戻っていった。

夏休み前から会っていないっていうから、一か月半ぶり。

病室に現れた乃慧さん、香菜さん、亜弥さんを見て、郁は力なく微笑んだ。笑顔の見本帳から取って貼り付けたような、表面だけの笑み。乃慧さんも香菜さんも亜弥さんも、ロビーで合流した和義くんも、もちろんわたしも、笑っていなかった。

「久しぶりだね」

郁の声は喉まで痩せてしまったのかと思うほど弱々しく、頼りなかった。ノーメイクの頬は透き通るように白く淡く、触れたら破けてしまいそうだ。

「……もう、びっくりしたよ」

香菜さんが言った。隣で乃慧さんが唇を小刻みに震わせている。病室で痩せ細った郁を目の当たりにして、感情を抑えきれないでいるのが傍目にもわかった。

「城野さんが、郁が入院しているなんて言うから。ちっとも知らなかった」

昼休みに勇気を両手に握りしめて三人に話しかけた時、乃慧さんは血相を変えて声を荒げた。病気ってなんなの、どこが悪いの、なんで今まで隠してたの、と。今日の放課後お見舞いに行くから病気のことは郁に直接聞いてと言ったら、なんであんたが知っててあたしたちが知らないのよと怒鳴られ、更にはキモい陰キャのくせにこそこそ郁に取り入ってなんのつもりよとキレられた。香菜さんと亜弥さんになだめられてなんとか落ち着くまで、わたしたちは昼休みの教室で嫌な注目を浴びてしまった。

「みんな、今までごめん。黙ってたこと、心から謝る。乃慧も香菜も亜弥も大事な友だちだから、大事な友だちだからこそ、言えなかったんだ」

乃慧さんの唇の震えが速くなる。郁の言葉が届いているのかどうかわからない。

「あたしね、あと二か月しか生きられないんだ。五月に余命半年って言われたから、引き算してもうあと二か月」

残酷な現実が乃慧さんたちの心臓を鷲掴《わしづか》みにする。わたしの心臓も金縛りにかけられて、息が苦しくなる。

「小さい頃から身体、悪くてさ。和義はその時のことよく知ってる。小中ずっと一緒の幼なじみだから。絆が病気のこと知っちゃったのはたまたまだったんだけど、知ってからはほんとにあたしに良くしてくれて。ふたりがいてくれたから絶望に心が真っ黒にならなくて済んだ。あたし、これからどんなにしんどくても気持ちは明るくいたくて、そのためにもみんなにはなるべく今までどおりでいてほしくて――」

「なんでなのよ」

乃慧さんの震える唇から言葉が溢れ、病室の空気を凍り付かせる。郁の顔から、笑みが消えた。

「なんで、なんにも知らせてくれないのよ。なんでこんなに突然なのよ。付き合い悪くなったと思ったら、こんなやつ庇って馬鹿みたいな喧嘩して、ずっと連絡よこさないで、挙句の果てには入院だ、もうすぐ死ぬとか。いくらなんでもひどい」

「乃慧、ごめん」

「謝らないでよ！　本当は悪いなんて一ミリも思ってないくせに！　あたしの機嫌取るためだけにごめんとか、言わなくていい!!」

乃慧さんは泣いていた。怒りながら泣いていた。頰が真っ赤に上気して目からは大粒の涙がぼろぼろ溢れて、グロスを纏《まと》った唇は引きつってわなわな震えていた。

「和義くんはしょうがないよ、幼なじみなんでしょう？　でも城野さんは、理解できない。なんで城野さんが知ってることを、うちらが知らないの？　うちらのほうがずっと付き合い長いのに、なんで教えてくれなかったの？　うちらの友情って、そんなもんだったの？」

「だから乃慧、それは」

「言い訳とかやめてよ。みんなで春休みにお泊り会したよね？　お風呂だって一緒に入ったよね？　ハニバスのライブも行ったよね？　そういうのみんな、なんだったの？　郁にとってあたしたちは、親友じゃなかったの？　城野さんなんかが親友で、あたしたちがそうじゃなかったってこと？」

「城野さんなんか、の、なんか、は余計だよ」

「論点ずらさないで。もういい!!」

乃慧さんがくるりと背を向けて、長いポニーテールが空を切った。香菜さんと亜弥さんが追いかけようとして、香菜さんが立ち止まり振り返る。郁を見る目がとてもとても悲しかった。

「郁、悪いけどあたしたち、今までどおりになんてできないよ。こんなこと、とても受け止められない。郁が、その、し、死ぬなんて——」

その言葉すら口に出したくないんだろう。郁と知り合ってまもないわたしにとっても、事情を知っていた和義くんにとっても、簡単に受け止められないことだった。ましてや郁と多くの時間を共にしてきたこの子たちにしてみたら、これはものすごく残酷な事実なんだ。

「でも。でもあたしたち、これからもずっと、郁の親友だから」

郁はベッドの上で無言で香菜さんと亜弥さんを見つめていた。何か言わなくてはいけないのに、言葉が見つからなくて声が舌の上にとどまっているという顔。

「また、会いに来るね」

香菜さんたちがいなくなり、その足音も完全に聞こえなくなった後、郁はばっと布団の中にもぐった。やがて、うー、と弱った動物が呻《うめ》くような泣き声が聞こえてきた。

「郁、大丈夫だから」

いったい何が大丈夫なんだろう。なんでわたしにそんな、無責任なことが言えるんだろう。言いながらおかしいって、自分でもわかっている。けど、でたらめでもでまかせでも、郁に何か言わなきゃいけなかった。なんの力も持たない言葉でも、とにかく何か言うんだ。

「乃慧さんたち、急に知らされてびっくりしただけだよ。冷静になればちゃんと、またここに来てくれると思う」

言いながら布団ごしに郁の身体をさする。郁は薄い毛布の内側で泣いていた。か細い泣き声に、大声で泣く体力すら今の郁にはないのだと知った。

今まで郁はリストを作って、わたしと一緒にいろんなところへ出かけて、普通と変わらない生活を送って、自分を保ってきたんだ。これから命を奪われてしまうという、この世でもっとも過酷な絶望に打ちひしがれないよう、一生懸命だった。それが入院して学校にも行けなくなって、友だちにも病気の事実を知らせざるをえなくなって。

郁を支えてきた柱が一本一本、折れていく。

それは郁の心臓が鼓動を止めるまで、続く。歩けなくなること、ご飯を食べられなくなること、しゃべれなくなること。病気の進行が、容赦なく心の柱を折っていく。それは蝶《ちょう》を捕まえて、羽根をもぎ、足をもぎ、弱っていく姿を見ながらじわじわ殺すのと同じくらい、残酷なことだ。病気に殺されるって、そういうことなんだ。

お母さんの言葉の意味がやっと今、理解できた。柱を失った郁の支えになるのはつまり、郁の苦しみを分けてもらうことで、自分が強くなければ一緒に傷ついてしまう。

お母さんはわたしが傷つくことを、恐れていた。

「乃慧さんたちは、郁の本当の友だちだよ。だから大丈夫だよ」

泣き続ける郁の背中をさすりながら、こんなことしか言えない。こんなことしかできない。何が正しいかなんてわからない。

でも正解に近づこうと、一生懸命喉を震わせる。

「わたし、また乃慧さんたちと話すよ。乃慧さんはわたしのこと嫌いかもしれないけれど、好きになることなんてないかもしれないけど、わたしのせいで乃慧さんと郁が喧嘩したまんまじゃ嫌だから。わたし、がんばるから」

わたしは言う。郁は泣く。和義くんは黙っている。

「郁、諦めちゃだめだよ。泣いてもいいけど、諦めないで。きっと、大丈夫だから」

「洗面器」

郁が布団から出てきて、ぼそりと言った。茶色い髪の毛が涙でぺたりと頬に貼りついていた。

「ベッドの横、洗面器、取って。あとナースコール」

「えっ何、気持ち悪いの？」

「吐きそう。てか吐く」

「今ナースコール押したから」

口もとを抑える郁と慌てるわたしを、なだめるように和義くんが言った。看護師さんが来るまで、郁は一度吐いてしまった。もともと吐くものなんて胃に入ってはいなかったんだろう、泡立った胃液が少し出てきただけだった。

郁の吐しゃ物を処理してくれた看護師さんは、うちのお母さんじゃなくて、髪の毛をお団子に結んだ若い女の人だった。今ここでお母さんと鉢合わせしなかったことに、わたしは少しだけほっとした。

「抗がん剤今朝から始まってさ。副作用で吐いちゃうの。熱もあるし」

「そんな辛い状態だったら、乃慧さんたち連れてこなかったのに」

「これからもっと痩せるし、髪抜けるし、今よりひどい見た目になるんだよ。その前に会っておきたかったの」

胃液だけじゃなくて心に詰まらせていた苦しみまで少し吐き出せたのか、郁は涙がまだ乾かない顔でカラッと笑ってみせた。体調が悪いのは目に見えているけれど、笑い方は入院前と変わらなかった。もしかしたら、そう見せようとしていただけなのかもしれないけど。

「しかし、やっぱ難しいなー。特に乃慧」

「完全にわたし、嫌われてるもんね」

「目の前で絆がいろいろひどいこと言われてるのが悲しかった」

「わたしのことは気にしなくていいよ」

「気にするよ」

「あの乃慧って子は、俺には単純に見えたよ」

和義くんが窓の外を見つめながら言った。

夕暮れ時の世界は気温はまだ夏なのに、すっかり秋の色に浸されている。ゆるめに泡立てた生クリームみたいな雲は空との境界線が曖昧で、ペールブルーから金色がかったオレンジまで見事なグラデーションができていた。

「一番の親友だと思ってた子が他の子とつるんでて、自分には打ち明けてもらえなかった大事なことまでその子が知ってて、本当にムカついてんだ。本人が言ったそのまんまで、それ以上の意味なんてねぇだろ」

「乃慧たちに最初に話すべきだったのかな。病気のこと」

「それはそれで、問題出てきたと思うぞ。まったく悪意なく他人に話して、いつのまにかみんなが知ってるような状況になってたかもしれない。郁はそうなるのが嫌だったから話せなかったんだろ？」

こくり、と郁が小さく、でもはっきりと頭を動かした。

和義くんはすごい。女の子同士の喧嘩を目の当たりにした直後なのに、冷静に頭を動かして、郁に的確な言葉をかけてあげられている。

わたしは何にもできない。他人と関わった経験が少な過ぎて、剝《む》き出しの感情を目の前にしても茫然《ぼうぜん》とするだけだ。

「郁は悪くないし、あの子たちだって別に悪くない。ただ、お互いにどうしていいのかわからなかっただけだ。そりゃそうだろ。自分が死ぬのも親友が死ぬのもそう何度もあることじゃないんだから」

「自分が死ぬのはどんな人だって一度きりだけどね」

郁は口もとだけで笑ってみせて、和義くんもふ、と唇を笑いの形にした。

「親友だからこそ、ああやって思ったことストレートにぶつけられるんだよ。親友だからこそ、これから仲直りもできる」

「うん」

「今まであの子たちと作ってきた、関係を信じろよ」

「ありがと。和義」

郁は和義くんを見ないで言った。照れ臭いのか、声がちょっと、上ずっていた。

もともと心の回復力が高いんだろう、郁は十五分もすれば泣いたことなんて忘れた顔で、入院生活にまつわるあれこれを語りだした。テレビと本以外には食事くらいしか楽しみがないのに、お味噌汁《みそしる》に茄子《なす》が入っているのがどうしても許せないこと。お正月くらいにしか会わない親戚が見舞いに駆けつけて来てくれて、本当はあまり嬉しくないのに嬉しいフリをするのが結構しんどいこと。ひとりだけ男の看護師がいて、そんなにイケメンじゃないけれど若くて背が高くて血管が浮き出た腕はしっかり筋肉質で逞《たくま》しくて、割とタイプだってこと。

体調の悪い郁にあんまりたくさんしゃべらせるのには抵抗があったけれど、気が付いたら窓の外はとっぷり夜に覆われていた。面会時間の終了を知らせるアナウンスが聞こえ、わたしと和義くんは病室を後にした。診察を待つ人はいなくなり、面会に来ていた人も去ってしまった病院は、がらんとしてふたりの足音が物寂しく聞こえる。

バスターミナルでバスを待っているのは、わたしと和義くんだけだった。

「わたしのお母さんね、この病院の看護師なの。だから郁のことも知ってる」

「すごい偶然だな」

声が驚いていた。わたしは小さく頷く。無機質な病院に緑を添える植え込みで、蟋《コオ》蟀《ロギ》が鳴いている。

「郁を支えたいって言ったら、そんなこと簡単に言うなって怒られた。覚悟もできてないくせに、って」

「――現実を知ってる大人は、そう言うんだな」

「正直、今日までよくわからなかった。病気の親友を支えたいっていうのが、そんなに怒られるようなことなのかって。でも今、やっとわかったよ。郁って、こんなに辛い思いするんだね。これからもっともっと、辛い目に遭うんだよね」

郁の前では押しとどめていた感情が、防波堤を越えるようにうわっと溢れ出す。涙で視界が歪むのをどうすることもできない。

支えるどころか、わたしの存在が郁の心に余計な負荷を与えている。わたしがいなければ、郁は乃慧さんと喧嘩することもなかった。あんな涙を流させずに済んだ。

「わたし、正直自信ない。郁はこれからいっぱい辛い思いするのに、泣くことだってたくさんあるはずなのに、そんな郁に寄り添って、的確な言葉をかけてあげて、病気とちゃんと闘えるようにしてあげられるかっていったら。そんな自信、とてもない」

涙がぽろぽろ溢れて手の甲を濡《ぬ》らす。ずっと、自分のためだけに泣いてきた。自分の悲しみだけを味わって、自分だけを憐《あわ》れんで。それは世界に自分しか存在していないのと同じことで、でもそのほうが良かったのかもしれない。

誰かのために流す涙は喉を沸騰させるほど熱くて、苦い。

「今まで、どうしてこんなに思い上がっていられたんだろう。わたしなんか、郁に何もしてあげられないに決まってるのに。そんな、強い人間じゃないのに」

最後まで郁の親友でいたい。その気持ちは変わらない。でも、いかに自分が甘くて覚悟ができていなかったか思い知らされてしまった今、これから郁の前でちゃんと笑顔でいられるか、わからない。

「郁は同情が嫌いなのに、可哀相だって思われるのが嫌いなのに、今わたし、郁のこと可哀相だって思ってる。そんなふうに思っちゃいけないのに、思ってる」

「そんなの、俺だって思ってるよ」

救命センターの明かりを見つめる和義くんの横顔は、涙のせいで楕円《だえん》形に見えた。

「郁のおじさんだっておばさんだって俺だって、郁のこと可哀相って思ってるよ。郁のことが大事なほど、可哀相って思うよ。あいつはそれがわからないほど、馬鹿じゃねえよ」

ふわりと頭に温かいものが落ちてきて、それが和義くんの手のひらだと理解するまでに数秒がかかった。手のひらはゆっくり二回、わたしの頭を撫でるような動きをして、その後もしばらくそこにあった。和義くんの手は大きくて固くて、身体はあんまり大きくないのに、ちゃんと男の子を感じさせた。

「俺だって、郁を支える自信なんかないよ。いくらガキの頃からずっと知ってるからって、郁のことなんでも知ってるわけじゃないし、郁にこれからどんなことが起こるのかよくわかってない。絆は強い人間じゃないって言うけど、俺だってそうだよ。だいたいこの世に自分のことを少しの迷いなく強いって信じられる人間なんてそんなに多くないし、そういう人間がいるとしたら、そいつのこと逆にあんまり信用できないと思う。自分の弱い部分を自覚できない人間なんて、不自然だろ」

わたしは首を縦にも横にも振らずにじっとしていた。ずっと人を避けて心を閉ざして自分自身を檻《おり》に閉じ込めて生きてきたから、他人のことはよくわからない。自信がないのも心が弱いのもわたしが駄目な人間だからで、この世の大多数の人は違うと思っていた。

だから郁の弱さに気付けなかった。郁は十六歳の若さで余命宣告されて、それでも心折れることなく前向きに生きてきた強い子。わたしが初めてこんなふうになりたいと思った、憧れの子。そうして、郁の強くてきれいな部分だけを見ていた。

郁だって泣くんだ。友だちと喧嘩したら、布団にくるまって泣いちゃうんだ。郁にそんな弱さがあるのはごく当たり前のことなのに、これからも寄り添って支えていくことを考えたら郁の親友が自分でいいのかと思ってしまう。

「誰だって自分のことしか知らないし、他人を百パーセント理解するなんて無理だ。病気だから、残り時間が少ないから、そんな理由で特別視することなんかない。俺も絆も、これからも普通に郁の友だちをやってたらいいんだ」

「その普通、が難しいんだけど」

「嘘をつかない、故意に傷つけない、約束を守る。その三つだよ。誰かと友だちでいるのに必要な三つ。たった三つだけ、簡単だ」

「実はわたし、今まで友だちいたことなくて。そういうのがわからないの」

「だと思った」

「何それ。ひどい」

涙を拭いながら笑うと、和義くんも微笑んだ。わたしの頭の上にあった手はいつのまにか膝の横に戻っている。

「初めての友だちが郁とか、すげぇラッキーじゃん。世の中には友だちに裏切られて人を信じられなくなるやつだっていっぱいいるんだからさ。今の絆は恵まれてるよ」

「それだったら、和義くんだって恵まれてるよ。郁、男の子の友だちなんて和義くんだけなんだから」

「あくまで友だち、だけどな」

自嘲を含んだ笑顔に、胸の奥がぎゅっと狭くなる。和義くんは郁が好き。わたしの郁に対する好きとは違う種類の、好き。前から知っていたことなのに、今はその事実がなぜか心を曇らせる。

「絆がいてよかったよ。絆がいるからあいつ俺のことウザがらなくなったし、一緒に東京にも行けたし、こうして普通に見舞いもできる」

胸の奥の狭くなったところが、キリキリする。どうしてこんな気持ちになるのかわからなくて、戸惑いながら痛みを味わっていた。

「血迷って告白したりしなくてよかったよ。告ってフラれたらそれでお互い避け合うだけだけど、友だちだったらもっと具合悪くなっても会いに来れるし」

「和義くんは、本当にそれでいいの？」

返事が来るまで、少し間があった。昇ったばかりの白い月が、和義くんの横顔の向こうで冷たく光っていた。

「それでいい。そういうことにするしか、ないだろ」

自分に言い聞かせるような声を聞きながら、わたしの胸はまだキリキリしていた。


木曜日の三時間目は選択科目の美術。美術室に移動した後、教科書を忘れたことに気付いて教室に戻った。再び美術室へ向かう途中、トイレから出てきた乃慧さんとぶつかりそうになる。乃慧さんは一瞬びっくりした顔をして、すぐ目を逸らした。

病院であんなことがあった直後で、お互いに気まず過ぎる。わたしも下を向いて素早く通り過ぎようとすると、空気がすぱんと切れそうな尖った声を投げられた。

「あたし、あんたのこと許さないから。香菜や亜弥が許しても、絶対許さない」

顔を上げると、怒りに歪んだ目に見つめられる。嘲《あざけ》られていじめられることはあっても、こんなふうにストレートな敵意を向けられるなんて初めてで、足がすくんだ。

乃慧さんは敵意百パーセントの目でじっくりわたしを睨みつけた後、くるりと背を向けた。教室へ歩いて行く背中の上、ポニーテールが不機嫌そうに揺れる。

「待ってよ」

乃慧さんが足を止める。

強くなりたかった。おかしいことをおかしいと言えないのは、されて嫌なことを嫌だと言えないのは、昔のわたしだ。SNSの世界にどす黒い言葉を吐き出して、自分の身体を傷つけて、死んでるみたいに生きていた頃のわたし。

郁と友だちになってから、SNSに言葉を綴るのをやめた。自分を傷つけるのをやめた。でも郁がいなくなった後、あの頃に戻っちゃったらいけないんだ。

郁の心臓が動くことをやめても、郁の言葉で、笑顔で、わたしが変わったら。それは、郁の魂がこれからも生き続けるってことだ。

「絶対許さないって、何を許さないの？　郁と友だちになったこと？　郁の病気を黙ってたこと？　その両方？」

できるだけ背筋を伸ばして、真正面からわたしを攻撃してくる瞳を睨み返す。

わたしはそんなに乃慧さんにひどいことをしただろうか。わたしと郁が友だちでいるのは、乃慧さんにとってそんなに許しがたいことなんだろうか。

でも、誰と友だちになって、誰にどこまで話すかを決めるのは郁だ。乃慧さんじゃない。

「どうしてそんなに自分勝手なの？　乃慧さんはたしかに嫌な思いをしたかもしれない。でも郁のほうがずっとずっと辛いんだよ。乃慧さんにどう伝えようか、すごく悩んでた」

乃慧さんの吊《つ》り目気味の目がさらに尖る。薄い唇からわたしを攻撃する言葉が今にも飛び出そうだったけど、ここで退いたらだめだと怯む心臓を叱《しか》りつける。

乃慧さんは郁の親友だ。ちゃんと向き合わないと、駄目だと思った。

「親友なら自分を可哀相がるんじゃなくて、郁のこと考えようとは思わないの？」

「あんたなんかに偉そうに説教されたくない！」

わたしの言葉なんて届いていないのだと、怒りで赤く染まった頬と怒鳴り声が示していた。乃慧さんはそもそもわたしを見下していた。まともに取り合うわけない。

「郁の隣にあんたがいるのがムカつくんだよ！　あんたみたいな地味でブスで暗くてキモい女が、郁の親友だって言ってるのがありえないの！　郁みたいな子は付き合う子を選ばなきゃいけないの。間違ってもあんたが親友とか、あたしは認めないから」

「それは乃慧さんの価値観だよね。郁のじゃない」

「何が言いたいのよ」

「乃慧さんは結局、郁のこと大事じゃないんだよ。郁の気持ちを全然考えてない。親友ってもっとちゃんと、お互いを思い合っていたわり合うものなんじゃないの？　乃慧さんは親友って言葉で郁を縛り付けてるだけだよ」

そこでチャイムが鳴り、廊下の向こうから近づいてくる美術教師がわたしたちに美術室に入るように短く注意した。乃慧さんは怒りを内側に溜め込んだ顔でわたしをひと睨みした後、速足で美術室に入っていった。

授業が始まってもしばらく、心臓がうるさかった。勇気を出して敵意に立ち向かうというのは、ひどくエネルギーを消耗することだった。

唖然として「あ」と「お」の中間あたりの形に口を開いたわたしに向かって、郁はにっこりしてみせた。

「どうよあたしの坊主。なかなか似合うでしょ」

「似合う、って言っていいのかな。こういうの」

「これからどんどん髪抜けちゃうからさ。その前に剃《そ》ってもらっちゃった」

実際、そのスタイルは郁の卵型のきれいな顔の輪郭を強調して、美しさを際立たせていた。でもそれを似合う、とどうしても表現したくなかった。その言葉は、自分が選んだものを纏っている人に相応しいと思ったから。郁だって自ら進んで、髪の毛を手放したいわけじゃないのに。

「郁にね、プレゼントがあるの」

「何？　えっ、パソコン？」

食事を置くための、ベッドに付属している細長いテーブルの上にノートパソコンを置くと、郁は大きな目を見開いて画面を覗いた。誰かに何かをプレゼントするなんてよく考えたらほとんど初めてのことだった。

「わたしにプログラムを作ってもらいたいって、郁、いつか言ってたじゃない？　郁が入院してからは一刻でも早く作ってあげたくて、毎日家で作業してたんだ。こんな簡単なのしかできないけれど」

それは中学の時パソコン部で習った、わたしでも使える簡単な言語で組まれたゲームのプログラムだった。スタートボタンを押すとサルの絵が出てきて、左に流れていくバナナをサルでキャッチする子どもだましみたいなゲーム。バナナは時々ミカンやリンゴやメロンになったりする。果物によってポイントが違って、ごくたまにしか出ないパイナップルをゲットすると二百点。ただしサルの天敵のカニも登場するから、カニに当たると減点。爆弾に当たるとゲームオーバーだ。

「このパソコン、小六の時にお母さんが親戚からもらったきりで、うちにあってもほとんど使わないやつだし。郁が暇な時、遊んでていいよ」

「えっ、いいの？　マジで？」

「もちろん。そのために作ったんだし」

「ありがとう絆、めっちゃ嬉しい！」

郁がベッドの端に身体を寄せて両腕を広げた。わたしは素直にその腕の中にくるまり、郁の背中に自分の腕を回す。今日も熱があるのか、郁の身体はふかふかの羽毛で覆われたヒヨコを抱えているように熱かった。

郁はしばらくゲームで遊び、わたしは隣で郁を応援した。今どきこんなもので喜ぶのは幼稚園児ぐらいだと思うけれど、郁は目を輝かせ、楽しそうにゲームをした。

「ねぇなんでサルが主人公なのにバナナが一番ポイント低いの、普通サルなんだからバナナが大好物なんじゃないの」

「そのへんはよく考えなかった。なんとなくだよ。ほら来てる、パイナップル」

「あー、逃した」

「今度は爆弾だよ。早く避けて」

郁は意外にも反射神経が鈍いのか、わたしが仕掛けた爆弾をあっけなく爆発させた。画面中央にどかんと出るゲームオーバーの文字。

「あーあ。終わっちゃった。これ、どうしたらクリアできるの？」

「画面がジャングルからビーチに変わって、そこから雲の上になって、最後は宇宙になって、月に着いたら終わり」

「なんでサルが月に行くのよ。人類が一生懸命になってアポロでやっと成し遂げたことをサルにやられるとか、意味不明」

「それもなんとなく」

「結構なんとなく、ゲーム作ったんだね」

「そりゃまあ、ゲームだし。細かいところはいい加減にやらないと、終わらないし」

「自分を切るのも、なんとなく、なの？」

郁はただ純粋に知りたいという気持ちを込めた目で、言った。唐突に振られた話題に、頭をすこんと射抜かれたように言葉を失う。

あの日、マルキューの試着室で見たもののことを言っているのはすぐにわかった。郁の質問にどう答えたらいいのかわからない。なんとなく切っていたわけじゃないけれど、切っている時の気持ちをどう表現したら伝わるんだろう。

「いつから切ってるの？」

隣の人を気にしているのか、声は抑え気味だった。午後の病室にはわたしの他に面会者はなく、他のベッドの三人はカーテンの中でひっそりと息をしていた。

「……中学から」

「テレビとかの特集では痛くないって言ってるけど、本当？」

「痛いよ。でも痛い間は、余計なこと考えなくて済むから。頭の中が黒いもやもやでいっぱいになっちゃって叫び出したくなる時は、切るのがいちばんいいの」

「最近も切ってるの？」

「切ってないよ」

そこで郁がパジャマのボタンを外しだしたので、少し慌てた。止めようとしたけれど手つきがあまりにも淡々としていて、声がかけられない。三つめまでボタンを外して、郁はばっと前を広げた。

「見て」

声が震えていた。言葉に反して、本当は見て欲しくないのだと察して、下を向く。

「見て」

もう一度郁が言う。必死で訴える声に、わたしは顔を上げる。

ブラをしていない白い郁の胸は、きれいだった。おまんじゅうを割ったみたいなふっくら丸い形をしていて、頂点を小さなピンクの蕾《つぼみ》が飾っている。でもその儚げな美しさを、みみずばれのような真ん中の傷が台無しにしていた。

「これ、手術の痕。やったのは十年以上前、でも麻酔が切れた後の痛みとか、お母さんが泣きながらずっと付き添ってくれてたこととか、今でも覚えてる」

「うん」

「病気になると望んでもいないのに、こんなふうに体を傷つけざるを得ないんだよ。

きれいな身体を自分でひとに見せられないものにするなんて、すごく勿体ない」

「ごめん」

「謝ることじゃないよ。やめろ、とも言わないから」

郁が外した時と同じように淡々と、ボタンをとめていく。可愛らしいピンクの花柄のパジャマの向こうに大きな傷の存在を知って、まっすぐ郁を見られなかった。

謝ることじゃないと言われたけれど、わたしはやっぱり郁に対してごめんなさいって気持ちでいるべきなんだ。郁はわたしの傷を見て、勿体ない、と思ったんだから。切ってる間は世界に自分ひとりしかいない気持ちでいたから、自分のやったことで他の人をどんな気分にさせてしまうかなんて、考えられなかった。

自分を大事にできないのは、他の人を大事にできないっていうのと同じことだ。

「絆がどうしてそんなことするのかわからないけれど。頭の中が黒いもやもやでいっぱいになった時、物やひとに当たろうとしないで、その衝動を自分に向けた絆は、優しいと思うよ。誰かを傷つけることより、自分を傷つけることを選んだんだから」

「優しいんじゃなくて、そうするしかなかっただけだよ。家の中の物壊したら怒られるし、わたしには当たれるようなひともいないし」

「それでも、誰かを傷つけることを選ぶ人はいる。ナイフを持った通り魔みたいに。だから絆は、やっぱり優しいんだよ」

優しい、という言葉に、許されたんだ、という温かな光が胸に宿る。

いけないことをしているという自覚はあった。だからこそ半袖になったら見えてしまう腕じゃなくて、スカートで隠せる太ももにやっていた。他人に知られたら気持ち悪がられると知っていて、それでもやめられなかった。日々醜くなっていく自分の太ももを見て、どこかで安心していたのも事実だ。わたしは間違いなく病んでいるけれど、他人に迷惑はかけていない、って。

とっくにかさぶたになっている、もう痛くもないはずの傷が痛い。

わたしはいつも、自分の痛みにばっかり敏感過ぎた。でも、そんなわたしの優しい部分を、郁は見つけてくれた。

「優しいばっかりじゃ、辛くなると思う。痛みを自分の中に閉じ込めてばっかりいたら、それこそもっともっと自分を傷つけたくなっちゃうと思う。絆はもう少し、わがまま言っていいんだよ。健康なうちにいっぱいわがまま言っておいたほうが、おトクだよ」

「そういえば郁はずいぶんわがままだったね。あそこ行きたいここ行きたい、あれ食べたいこれ食べたい、って」

顔を見合わせて笑いながら、きっとふたりとも、ほんのちょっと前までの楽しい日々のことを思い出していた。場違いだった回らないお寿司屋、一緒に歩いた真夏の夕方の道、隣で曲に合わせて歌う郁の声がとてもきれいだったライブ。

最初から期間限定だってわかってた。互いをどんなに必要としても、必要とされても、太刀打ちできない病魔に数か月で奪われてしまう幸福。でも、わたしたちが友だちだっていう事実はずっと変わらない。

郁のわがままのお陰で、思い出がたくさんできた。郁のわがままはいつでも、わたしを幸せにした。

「今でも書いてるの？ 死ぬまでにやりたいことノート」

「さすがに書かないよー。もうこうなっちゃ、やりたいことなんてやれないし」

そんなことないよ、とは言えない。郁の身体はほんの少しの間にみるみる病魔に冒《おか》されて、今はもう、気力があっても体力がついていかない状態だ。

「ノートは持ってる？」

「あるよ。その、ベッド横の、引き出しの中」

ドット柄のノートは何度もめくってたくさん書き込んだんだろう、すっかり使い込まれて、表紙の端っこがやわらかくなっていた。郁の生きたい、という思いがこの中にめいっぱい詰まっている。

「中、見てもいいよ。絆なら」

「本当？」

「絆なら、いいの」

すっかり力を失った笑みで、郁が促す。わたしはそっとページをめくる。

シャープペンで書いた丁寧な字がずらっと並んでいた。最初のほうこそ「猫カフェに行く」とか「鰻重《うなじゅう》の特上を食べる」とか、実現可能だった事柄が、ページが進んで行くにつれてどんどん突飛に、想像すらできないものになっていく。「オーディションを受けてアイドルになる」「フラメンコを踊る」「宇宙人と会って話をする」――。


「郁ってアイドルになりたかったの？」

「全然。ただ、絶賛闘病中のアイドルでーす、ってことで売り出したらちょっと話題になるかな、って」

「動機が不純だね。フラメンコって、何で？」

「小学校の頃にテレビで見て、恰好いいなーって思ったんだよ。どうせ死ぬならチャレンジしたいなって。病院から出られないんじゃあ無理だけど」

「それはまだわかる。でも宇宙人と会って話をする、って、もうここまでいくとふざけてない？」

「たしかに六十パーセントくらいはふざけて書いた」

「四十パーセントも本気だったってこと？」

「さあどうでしょう」

コロコロと笑う郁を前にして、切なさが込み上げてくる。今まで何度も思ったけど、きっとこれからだって何度でも思う。

こんないい子が、死ぬべきじゃない。

「それ書いてる間はさー、楽しかったんだよねぇ。実現できるかどうかは置いといて、残り少ない未来にいっぱい計画詰め込んでさ。遠足の準備してる時みたいに、ワクワクしてた。もうすぐ死んじゃうっていうのに、変なもんだよね」

郁みたいに、誰もが前向きな気持ちで運命を受け止められるわけじゃない。もうすぐ死ぬって知ったらヤケになったり、苦しい気持ちを他人にぶつけてしまう人もいるんだろう。明日もあさっても元気で生きていることが当たり前だった頃より、荒《すさ》んだ心になってしまう人もいるだろう。でも郁はそうじゃなかった。

郁はわたしを優しいって言ったけど、わたしより郁のほうがずっと優しい。

「でも、ちょっと書き過ぎた。寝れない夜とかは、ずっとそれ書いてた」

「だからところどころ、文字が歪んでるところがあるんだね。眠くてぼんやりしながら書いたんだ」

「それどころか、突っ伏して寝ちゃってヨダレかかったところあるよ」

そんなこと言われたらちょっと引く。そんなわたしに向かって郁は嘘だよ、と笑った。

「書いてよかった。叶ったことがちゃんとあるのが嬉しい」

「ねぇ、もうちょっと、叶えられそうなこと、探してみようよ。今まで書いたことの中から、ひとつかふたつぐらい追加で実現できるの、あるかもよ?」

「今からなんて無理だよ。もう外出許可が出たって、一日とか二日とかに決まってる」

「諦めるなんて、郁らしくない」

我知らず強い声になっていて、郁が目を見開いた。

こんな状態になってしまったからこそ、郁に死ぬまでにやりたいことを考えてほしいと思った。生きてあれをしたい、これをしたい、そんなふうに考えることが、生きることそのものなんだから。夢も希望も欲も生きるのに必要で、それらがあるうちは郁は死なない。そう思いたくて、わたしはノートのページをめくる。

「これはどう? 『カラオケでオールする』」

「だから外出許可が下りないってば」

「『クレーンゲームでいちばん大きなぬいぐるみを取る』」

「取れるまでに時間とお金がどれだけかかるか」

「じゃあこれなら。『テキーラ一気飲み』」

「未成年だし、寿命が来る前に死んじゃいそう」

「これは？『歩夢先輩にもう一度会う』」

郁は何か言おうとして、結局何も言わなくて、困ったように口を閉じた。

歩夢先輩について、わたしが知っていることは少ない。中学時代の郁の彼氏で、ひとつ年上で、女子にすごい人気がある人だったこと、それくらいだ。そういえば、郁と恋愛の話をしたことがない。それは、郁にとっての恋愛イコール歩夢先輩で、その話題を出したくないってことなのかもしれない。

わたしの憶測が当たっていることを表すように、郁はしばらく言葉を探す顔をしていた。病室は、静かだった。ぱたぱたと廊下を行きかう音がして、どこかで機械の音がぽん、ぽんと時計の秒針と同じリズムで鳴っていた。

「絆はさ。初恋って、いつだった？」

郁はわたしのほうを見ないまま、壊れものにそっと触れるような声で、呟いた。

「わたし？　わたしは……まだ」

「ほんとに？　いいなって思った人もいないの？」

そう言われて何かの反射みたいに和義くんの顔が脳裏に浮かんだことに、息が止まりそうになった。動揺を悟られたくなくてぶんぶん首を振る。

「いないよ。そんな人、いたことない。まだ恋とかよくわからない、わたし」

「なんか、絆らしいね」

郁がやっとわたしのほうを見て笑った。今のかすかな心の動きを気付かれていなかったんだと思って、ちょっとホッとした。

「郁の初恋はいつ？　早そう」

「幼稚園の年中さん。同じクラスだった男の子」

「早っ」

「ファーストキスもその時だったよ」

「ファ……すごい幼稚園児だね」

「そうでもないよ。今思えば幼稚園の年中さんでする初恋なんて本当の恋じゃない。本当はある程度大人になってから、ものすごくひとを好きになった時なんじゃないのかなって思う」

郁の口調は温かくやわらかく、胸の奥に仕舞われた思い出を取り出して慈しんでいるようだった。過ぎ去った時を遠くから眺める瞳は今までに見たことがないもので、やっぱり郁は歩夢先輩のことがとても好きだったんだと確信する。

「歩夢先輩とはね、中一で初めて話したの。本当は運動部に入りたかったんだけどお医者さんの許可が下りなくて無理で、あたし、よっぽど羨ましげな目でグラウンドで走ってる子たちを見てたんだろうね。陸上部の歩夢先輩に、『さっきからずっとこっち見てるけど、入部希望？』って聞かれちゃって」

「なんて答えたの？」

「『いえ、もう部活は決めたんです、演劇部です』って。こっちは三月まで小学生だった子どもだからたったひとつ上なだけの先輩がすごく大人に見えて、しかも恰好よくて、心臓バクバクでたぶん声、上ずってた。そしたら歩夢先輩、『演劇部だったら、文化祭で発表やるんだよね。楽しみにしてる』って、笑ってくれた」

「それで好きになったの？」

郁は照れ臭そうに白い頬を赤くして、頷いた。こういう顔も初めて見る。

「好きっていっても、相手は先輩だし人気者だし、何か行動しようなんて思えなかったよ。付き合うなんて夢のまた夢、見ているだけで満足、的な」

「郁でもそういうふうに思うことあるんだね。好きな人ができたら、すぐに告白しそうなのに」

「あたしはそんな積極的じゃないよー。だから中二の一学期の修了式の日、先輩にID聞かれた時はほんとびっくりした。演劇部の先輩に三年の教室来てくれって言われて、行ったら先輩がいたの」

「うきゃー、だね」

「うきゃー、だよ」

好きになった人に好きになってもらえる、それってきっとなかなかないことだ。

「その日からずっとメッセしててさ、一週間後に初めてデートしたの。映画観て、お茶飲んで、帰り道に告白された。付き合ってほしいって」

「いいなぁ。青春って感じ」

「ほんと、歩夢先輩とのこと、わたしの中ではいちばん青春らしい思い出だよ。花火観に行ったり、渡り廊下でこっそりキスしたり、卒業式に第二ボタンもらったり」

「そんなに好きだったのに、なんで別れちゃったの？」

聞いた途端にはっと郁が顔色を変えたので、直球過ぎたかと後悔した。

郁はうつむいて、ゆっくり口を開いた。

「……春休みにね、付き合って八か月目の記念日だったんだけど、先輩の家行って。その時は家族のひとはいなくて、ふたりきりで」

「うん」

「それで、ヤッちゃったんだよね」

後ろめたいことを告白するような言い方だった。

いくらこのテの話題に疎いわたしでも、意味はわかった。

「ずっと付き合ってればいつかはこういうことになるとは思ってたし、嫌なわけじゃなかった、その時は。むしろその日はちょっと幸せなくらいだった」

「……うん」

「でもね、それからずっとそういうことばっかりになって、デートといえばどちらかの家行って、ヤるだけになっちゃった。ゲーセンではしゃぐことも映画観にいくことも公園を散歩することもなくなった」

「……そう」

「そのうちね、先輩と会うことが、しんどくなってきたの。先輩のことは変わらず好きだから、むしろ好きだからこそ、先輩に対してそんなふうに思っちゃうことが辛かった。なんか、自分が音声機能つきのダッチワイフにされてるみたいで」

「ダッチワイフって何？」

郁はちょっとだけ怪訝そうに顔を歪めた後、小声で言った。

「男の人の動物的な欲望のための、排泄《はいせつ》に使う玩具《がんぐ》」

「――それって、辛《つら》いね」

郁が小さく頷いた。

わたしにとっては恋愛なんてほとんど異次元のことで、中学生の郁が味わった辛さなんてきっとちゃんと想像できていない。映画でもドラマでも恋をして好きな人と結ばれることはとても幸せなことだって描かれていたから、そういうものだと思っていた。たぶん郁も、同じように思っていた。

だからこそ辛かったんだろう。好きな人に求められることが、苦痛だなんて。

「時間があれば、変わるかもしれないって思ってた。先輩がまともにデートしてくれるようになるか、あるいは自分の気持ちが、変わるんじゃないかって」

「うん」

「でも、無理だった。いつまで経っても、好きな人と一緒にいることが辛いまんまだった。先輩のことは好きだけど、耐えられなかった」

「そうなんだ」

「付き合ってもうすぐ一年になるって時、あたしから別れようって言ったの。こんなことするために付き合ってるわけじゃないし、こんなんじゃ一緒にいても辛いだけだから、もう会うのやめようって」

たとえば先輩に他に好きな人ができたとか、自分の外側にある理由だったら、郁は今、こんな顔をして語らなかっただろう。

「そしたら先輩、怒ってさ。なんで別れなきゃいけないんだとか、あたしの言ってることがわけわかんないとか言って。ヤッてばっかりいるのが嫌だって言っても伝わらなくて、お前だって楽しんでたくせにとか言われた。嫌われたくなくて楽しんでるフリしてただけだなんて、言えなかったよ」

「……うん」

「しまいには他に好きなヤツできたんじゃないのかとか言い始めて、あたし、キレちやったんだよね。浮気なんかしてないのに、って」

「それは、怒っていいところだと思うけど」

「それでもう、滅茶苦茶になっちゃった。修復不可能。そのまま別れた」

郁が音のないため息をついた。地の底まで沈み込みそうな長いため息だった。

「今だったら、あの時とは違う話し方ができたのかもしれない。別れることになっても、ずっとこんな気持ちでいなくて済んだのかもしれない。後悔してる」

「先輩のこと、まだ好きなの？」

「本当にひとを好きになるっていうのはたぶん、その人と会えなくなっても長い時間が経っても他の好きな人と出会っても、好きな気持ちが消えないってことだよ」

もし郁が普通の健康な身体だったら、他の女の子と同じようにこれから人生の長い時間が用意されているんだとしたら、郁は『歩夢先輩にもう一度会う』という願いを持つこともなかっただろう。十代の恋愛も失恋も誰もが多かれ少なかれ経験するはずのことで、長い人生があってたくさんの人に出会えば、いつかはきれいな部分だけが輝く大切な思い出になるものなんだ、きっと。

郁には先輩とのことを思い出にするだけの時間がない。人生で唯一の恋が、宙ぶらりんのまま終わっている。だから後悔してる、と言う。

「会おうよ。歩夢先輩に」

ほとんど迷わず、言った。会ってほしい、というわたしの願望がこもった言葉だった。でも、返ってきた反応は予想通りだった。

「無理だよ。病院から出られないのに」

「わたしが歩夢先輩に話して、ここに連れてくる」

「そんな。歩夢先輩にとっては、あたしなんてもうとっくに過ぎたことなんだよ？」

「でも、郁にとってはそうじゃないんでしょう？　郁は先輩にまた会って傷つくのが怖いだけなんだよ。その気持ちがわからないわけじゃないけれど、会いたいのに会わなかったら、きっと後悔すると思う」

なにひとつ後悔なく逝ける人なんて、きっとそんなに多くはない。

それでもこの世に残す後悔は、ひとつでも少ないほうがいい。

「郁、勇気出そうよ。本当に死ぬまでにやりたいことなんだから、がんばろうよ」

いつも郁に勇気をもらって、励まされているばっかりだった。

今はわたしが郁を励まして、背中を押す時だ。

地球が自転を止めてしまったような長い沈黙の後、郁は小さく頷いた。

今日の現代文の授業はグループ学習で、教科書に載っている論文調の文章を読んで四人ひと組になって意見をまとめ、授業の最後に発表し合うというものだった。

ずっと、こういう授業が苦痛で仕方なかった。どうして学校というのは席順や出席番号でまとめるのではなく、わざわざ好きな者同士でグループを組ませる授業を行うんだろう。勉強の出来不出来じゃなく、協調性を試されているようだし、実際そうなのかもしれない。だったらクラスにひとりもグループを組める相手がいないわたしは、間違いなくE判定。

「城野さん、うちらのグループ入らない？」

今回も誰とも組めずに途方に暮れるかと思ったら、授業の最初に香菜さんが話しかけてきた。郁がいないから三人しかいなくて、他にどうしてもひとり入れる必要があるからわたしが選ばれたらしい。気まずいはずなのに何もなかったような笑みを浮かべる香菜さんの隣で、乃慧さんが不機嫌そうに唇を尖らせていた。

乃慧さんと五十分間一緒に過ごすのは気が重いけれど、この際、選択肢はない。

「あ、じゃあ……お願い、します」

俯き加減で言うわたしに、香菜さんはあーよかったと微笑んでくれた。

四人で討論を始めたけど、乃慧さんはあからさまなほど素っ気なかった。話すのは香菜さんや亜弥さんだけで、わたしのほうを見ようともしない。そして不機嫌なのを隠そうともしない。わたしが一緒にいるのが不愉快だと、表情で、態度で、示してくる。わたしはといえば、孤独には慣れているけれど、目の前にいる相手から悪意を向けられるのには慣れていない。この前は威勢のいいことを言ってしまったくせに、今は乃慧さんを前にすっかり臆していた。

「先生。お腹痛いんで、トイレ行ってきてもいいですか」

二十分弱が経過した頃、乃慧さんは手を挙げてそう言って、こちらの事情なんて当然知る由もない中年の女性教師はいいですよと許可した。乃慧さんのポニーテールが揺れながら教室を出ていく時、なくなった重圧に心から安堵《あんど》する。

「乃慧のこと、あんまり気にしないほうがいいよ」

四人分くっつけた机の、正面に座った香菜さんが言う。日焼けした顔には穏やかな笑みが浮かんでいた。

「乃慧は郁のこと大好きだからさ。郁を城野さんに盗《と》られたー、って思っちゃってるんだよ、たぶん」

「そんな。わたし、そんなつもりは」

「もちろんわかってるよ。でも、乃慧は自分が郁のいちばんの親友だって思ってたから、そのポジションを他の人に奪われるのが納得いかないんじゃない?」

全然わからない。恋人ならまだしも、親友なら何人もいてもいいのだし、いちばんを巡ってポジション争いをするなんておかしい。

「あたしもくだらないなーとは思うんだけどね。けど、乃慧にとってはそういうものなんでしょ。ある意味、彼氏より重要。嬉しいことも嫌なことも誰よりも先に報告して、どっぷり依存できる。そういう女友だちの存在が、心地いいんじゃないかな」

「普通は……違うよね？」

「少なくともあたしは違うよー。依存が悪いとは言わないけど、誰かひとりに依存したらその人をいつか追い詰めちゃうじゃん。だからちょっとずつ依存できる人が、たくさんいる。でも乃慧はそういう人間関係を作れるほど、器用じゃないんだよね」

たしかに乃慧さんは不器用なのかもしれない。自分の気持ちに正直で、思ったことをすぐに口にして、感情をコントロールできない。

そう考えたら、乃慧さんのわたしに対する怒りは、わがままが通らなくてぐずっている子どものものと大して変わらないんじゃないだろうか。

「城野さん。乃慧はあんな感じだけど、わたしと香菜は、城野さんと仲良くしたいって思ってるから」

隣に座った亜弥さんが言う。仲良くしたいって思ってる。言われたことを耳奥で繰り返す。意外な言葉だった。

「悪口言って傷つけて、ごめんね」

「郁と乃慧さんが喧嘩した時のこと言ってる？」

「うん。あの時は乃慧の言うこと否定しづらくって、ついつい同意しちゃっただけだから。本当にごめん」

「あたしも、ごめんね」

香菜さんも言った。四人グループになってからずっと強張っていた心が、じわじわと緩んでいく。

あの時の悪口をそんなに気にしていたわけじゃないし、乃慧さんはともかく、香菜さんと亜弥さんはわたしに悪い感情を抱いていないってわかっていた。それでも、心からの謝罪が嬉しかったし、素直に受け止められた。

「わたしも、ごめん。わたし、香菜さんたちのこと怖いって思ってた。目立つし、声が大きいし、制服の着方もおしゃれだし。話したこともないのに勝手に決めつけてたの、怖い人たちだって」

怖い人だって決めつけるのも、キモくて何考えているのかわからないって決めつけるのも、根本的には同じだ。よく知らないのに偏見を持っていたということ。

「そんなふうに思ってて、本当にごめん」

「い、いやそれ。別にそんな、謝るようなことじゃないから」

「ひっどーい」

亜弥さんの言葉を香菜さんが遮った。ポップコーンが弾けるように笑いながら。

「ちょっと、香菜、そんな言い方」

「ひどいけど、いいよ。これでおあいこ。お互い許し合いってことで。ね？」

香菜さんの軽やかな口調に、わたしも自然と微笑んだ。


和義くんにメッセージアプリで、歩夢先輩に会いにいくことを報告した。和義くんとIDを交換したのは三人で東京に行った日で、その時はよろしくのスタンプを送り合っただけだった。実質的な最初のメッセージに、心臓が過敏に反応した。

『郁が会いたがってることを、歩夢先輩に伝えに行ってきます。携帯変えたらしく連絡取れないので、先輩の高校の前で放課後待ち伏せすることにしました』

たったこれだけの文面を作るのに十五分もかかってしまった。高鳴る胸をなだめるつもりで送信ボタンを押す。メッセージの横にすぐに既読の表示がついて、思ったよりもずっと早く返事が来た。

『ひとりで大丈夫？　なんなら俺も行くけれど』

心配してくれるのが嬉しくて、ついスマホを握りしめていた。何気ない一言が、ちょっとした優しさが、こんなにも暖かく心の襞《ひだ》の奥まで染みわたる。小さな幸せが身体の芯に満ちていく。初めて知る気持ちだった。

『ありがとう、大丈夫。郁のためにがんばるね』

またすぐ、既読になる。数分して返信がやってくる。

『がんばれ‼』

ひとことだけの短いメッセージの後、親指を立てたスタンプが送られてくる。それだけで本当にがんばれる気がした。校門前で待ち伏せして初対面の人に会うなんて、考えただけで吐くほど緊張することなのに、できる、と確信できた。

和義くんは郁が好きだって知ってる。郁がいなくなった後も、その気持ちはずっと続くんだろうってことも。

関係ない。

郁をまっすぐに想《おも》う和義くんがわたしは好きだし、一生懸命好きでいたい。

先輩の高校はわたしの高校から駅でみっつ離れたところにあって、偏差値では真ん中より少し上のレベルになる進学校だ。放課後の校門前は可愛いと評判の制服だらけで、ひとりだけ違う制服を着たわたしは当然目立ち、行きかう人にじろじろと視線で撫でまわされた。無遠慮な視線に負けないよう顔を上げて、校門から出てくる男子をひとりひとりチェックする。郁から何枚か写真を見せてもらっていたから、顔はすっかり頭に入っている。十人中十人が恰好いいと評価するであろう、大勢の中でもぱっと目を惹く整った顔。見過ごすはずはない。

校門前に立って二十分して、その人は現れた。写真の中より大人っぽくなって髪もオレンジがかった茶色に染められてたけど、間違いない。声をかけるのをためらったのは、隣に女の子がいたからだ。背が高くて短く詰めた制服のスカートから細い脚がすらっと伸びた、可愛いよりきれいという言葉がぴったりな子。制服を着ていなかったら大学生にも見えそうな、大人びた顔立ちをしている。郁とは違うタイプだ。

郁が先輩を未だに忘れられないでいるからって、先輩が同じように郁のことを想っているとは限らない。二年という時間は十代のわたしたちにとっては気が遠くなるほど長くて、身体も心も変えてしまうのには十分だ。こうなることを予感していたから、郁は先輩に会いたいと思っても、行動に移せなかったんだろう。

先輩と女の子は明らかに恋人同士と見える距離で、並んで駅のほうへ歩いて行く。ふたりがどんどん遠くなる。迷ってる暇はなかった。

「あの、すみません」

ふたりが同時に振り向いた。思ったよりも大きな声が出てしまった。先輩の切れ長の目も女の子の長い睫毛に囲まれた目もわたしを見ていて、怯む心を叱りつけるように両手を握りしめる。

「立川《たちかわ》歩夢さん、ですよね？」

「……そうだけど？」

先輩の声には戸惑いが滲んでいて、顔がちょっと怪訝そうだった。そんな反応をされると、改めて自分がどれだけ大胆な行動を取っているかわかる。いきなり全然知らない人に声をかけられたら、先輩でなくたってこんな反応をするだろう。

「郁と付き合ってましたよね。徳川郁と」

ちょっと怪訝、が、ものすごく怪訝、になった。さっきよりも低い声が返ってくる。

「……それが、どうかした？」

「もう一度、郁に会ってほしいんです」

思いきり頭を下げる直前、先輩の隣で驚いた顔をしている女の子が目に入った。突然現れて、一方的にお願いして、我ながらめちゃくちゃだ。郁にとって先輩は現在進行形だけど、先輩の現在進行形は今一緒に歩いているこの人なのに。前に付き合ってた人に今さら会ってほしいなんて、今の彼女からしたら不愉快に決まってる。

それでも、ここまで来たからには、言うべきことを言うしかなかった。

「郁がもう一度、あなたに会いたいって言ってるんです。わたしもそうなったらいいなって思ってるんです。だからお願いします」

「君の言いたいことは、わかったけど」

名乗っていないわたしに向けられる、君、という二人称がやけに冷たく響いた。そろそろと顔を上げると、先輩は困惑と不快がないまぜになった表情をしていた。

郁は会いたいと言ったらこんな反応が返ってくるって、心のどこかでわかっていたんだ。二年も前の、喧嘩したまま別れてしまった相手。先輩からしたら黒歴史で、郁にとっても余命を告げられるまでは積極的に会いたいとは思わなかっただろう。

「なんで本人が直接来ないの？　意味わかんないんだけれど」

「それは……郁が入院していて、病院から出られないからです」

入院、という単語が出た途端、先輩の顔色が変わった。

「郁、あと二か月の命なんです。その郁が、死ぬまでにやりたいことのうちのひとつに、あなたに会うことも入ってるんです」

「そんな。たしかに昔は病弱だったって言ってたけど、元気だったのに」

「信じられないかもしれないけど本当なんです。郁はあなたに会ってもう一度付き合いたいとか、そういうふうに思ってるわけじゃないんです。ただ、言いたいことも言わないで死んじゃって、後悔したくないだけなんです。だからお願いします」

もう一度深々と頭を下げる。精一杯の心を込めて。

身体を折ったまま固まったわたしと、向かい合うふたりの横を、がやがやと下校中の他校生たちが通り過ぎて行く。頭はかあっと熱くて、喉はカラカラで、手にはべっとり嫌な汗が滲んでいた。勇気を出すのがこんなにエネルギーを使うことだなんて知らなかった。そしてその勇気が届くかどうかは、わたしが決めることじゃない。

「話はわかったよ。君が嘘ついてるわけじゃないみたいだし」

ひんやりした言葉に顔を上げると、先輩は迷惑な思いを隠そうともしていない。

「嘘なんかつきません！　郁は本当に病気で、余命あと二か月なんです！」

「わかったよ、わかったから。でもさ、俺が今さら会ったところで、どうなるの？」

そんなふうに言われたら、何も言い返せない。郁にとって先輩はまだ「今」だけど、先輩にとっては「今さら」なんだ。

既に新しい恋が始まっているのに、昔の恋人に会っても何にもならない。郁が幸せになるわけでも、病気が治るわけでもない。

でも、違う、とわたしは言わなきゃいけなかった。

郁にとって先輩がどういう存在なのか、先輩にもう一度会うっていうことがどういうことなのか、ちゃんと説明するべきだと思った。

言葉を紡ぎ出す前に、先輩の彼女が言う。

「行きなよ」

え、と先輩が声にならない声を漏らした。

彼女は先輩をまっすぐ睨みつけていた。瞳に真剣な怒りが宿っている。

「あたしは別になんとも思わないから。行ってあげなよ。行って、話してきなよ」

「いや、でも、相手は二年も前に別れた元カノなんだぞ？」

「その子、もうすぐ死んじゃうんでしょ？　それで歩夢に会いたいって言ってるんでしょ？　めちゃくちゃ大事なことじゃん。こんな大事なことから逃げる歩夢なんて、あたしは嫌い」

思わぬ方向からの援護射撃に、わたしは心底びっくりした。先輩は何度か口をぱくぱくとさせ、彼女は先輩を睨みつけている。ここで行きたくないと言ったら、ほんとに別れてしまいそうだ。

「わかったよ」

先輩が肩をすくめた。苦笑いが口もとに浮かんでいた。

「で、郁はどこの病院に入院しているわけ？」

「えっと、みどり台病院なので、ここからだと電車とバス使って……」

先輩が一度心を決めてしまうと、話は早かった。

かえって、わたしのほうがこの現実にどぎまぎしていた。

郁と先輩が、再会する。

それは郁にとってはもちろん、わたしにとっても、すごく大きな出来事だった。

「その髪色、よく似合ってる」

二年の月日を隔てているとはとても思えない、昨日の続きみたいな口調で郁が言った。

先輩の頬は青ざめていた。前情報があったものの、いざ痩せ細って点滴に繋がれている郁を見たら、ショックが大きかったんだろう。

二年前の先輩は、二年後に郁がこんな姿になるなんて想像もしなかったはずだ。

「郁も似合ってるぞ。その、カープの帽子」

「これ、昨日お見舞いにきてくれた親戚の子どもがくれたの。全然カープ、好きじゃないのにね。あたし、ヤクルトファンだから」

郁は何種類か帽子を持っていて、すべて面会用の、剃ってしまった頭を隠すためのものだ。長かった髪がないから、先輩も帽子の中がどうなっているか薄々は気付いているだろう。

しばらく、無言の時間が流れた。深い山の奥みたいな静かな時間。郁も先輩も、たぶん懸命に言葉を探していた。わたしはただ、ふたりを見ているだけだった。見ているほかにわたしができることなんて、何もなかった。

「俺、郁とあんなふうに別れたこと、ずっと後悔してる」

先に口を開いたのは先輩だった。郁は感情をぐっと抑えつけた顔をしていた。

「今なら、郁がなんで別れたいって言ってたのかもわかる。なのに、あの時はお前が浮気してるなんて決めつけて。俺がガキだったから、いや、今だってあんまり大人じゃないけど、郁に嫌な思いさせた。本当にごめん」

郁は涙を溜めた目を見られたくなかったのか、先輩から顔を背けた。

正直、先輩が郁にこんなことを言うなんて、予想もしていなかった。

別れた時の話を聞いていたから、わたしは先輩に対していい印象を持っていなかったんだ。でも考えてみれば、郁が男性を見る目がないなんてことはないはずで、行き違いがあったとはいえ、先輩だって悪い人じゃないはずなのに。

「先輩だけのせいじゃないよ。あたしも、悪かった」

郁は、ずっとこれを言いたかったんだろう。言いたくて言えなくて、だから忘れられなかったんだろう。もう会えないのにまだ好きなままで、でも会いたくて、会いに行けなくて、ひとりで苦しんでいたんだろう。

ひとつの関係が終わるってことは、どちらか一方だけが悪いなんて絶対にないと思う。郁はそれをちゃんとわかっていたんだ。

「あの時喧嘩してなかったら、うちら、今でも付き合ってたかな」

「どうだろうな。郁、モテるから、他に好きな奴できてそう」

「他に好きな人なんてできなかったよ」

「俺はできたけどな」

「そうなんだ。おめでとう」

その祝福には無理して作った優しさじゃなく、本物の感情が込められていた。

そして今ようやく、郁の初恋が終わったんだ。

「彼女さんのこと、大事にしてね」

「言われなくてもするよ」

「本当だよ。あたしよりずっと、ちゃんと、大事にしてね。約束して」

郁が痩せ細った手を差し出した。青白い指に先輩が自分の指をそっと絡めた。

郁は微笑みながらひとつぶだけ、涙をこぼした。


郁と先輩の対面は短かった。きっとあんまり長く一緒にいるべきじゃないって、ふたりともわかっていたんだろう。先輩は東京の大学を受験する予定で、将来は司法書士になりたいという夢を語り、郁は素直な応援の言葉を贈った。ほんの十分ぐらいで、先輩は病室を出て行った。それから郁は、煩わしそうにカープの帽子を取った。大きなことをやり終えた達成感が、痩せた頰を生き生きとしたピンク色に染めていた。

「本当にありがとうね。会っておいてよかった」

「先輩、いい人だったね。正直、もっとひどい人だと思ってた」

「ひどい人だよ。待ち合わせに遅れるし、記念日覚えてないし、中学生から煙草《たばこ》吸ってたし。今でも吸ってるのかなぁ」

言いながら先輩の立っていた辺りを、まだそこに先輩がいるかのように見つめる。その目がとても美しくて、人生の中で心から好きな人に出会えたことが、どれだけ素敵なことかわたしにもわかった。

「吸わないでほしいなぁ。先輩には、長生きしてほしい」

わたしも長生きしてほしいよ。郁に。

絶対に叶わない願いを、喉の奥で留める。代わりにわたしは頷いた。

「好きな人には、幸せで長生きしてほしいもんね」

「それはもっともだけど。まずは自分が幸せで長生きできるよう、気を付けなきゃ」

「何それ。あたしみたいに気を付けようがない人はどうするのよ」

「ごめん、そんなつもりじゃ」

「冗談。別に怒ってないし」

先輩に会ったせいか、郁の笑い声は入院前みたいに軽やかで透明だった。

郁とのこういう何気ない時間を、もっとたくさん持ちたかった。笑って、話して、思い出を重ねて、一緒に大人になりたい。痛いほどそう思ってるのに、運命はそんな小さな願いすら聞き入れてくれない。

いや、やめよう。悲しいことを考えるのはよそう。

残された時間が少ないなら、その時間にめいっぱい幸せを詰め込みたい。

「あのね郁。ひとつ、言えなかったことがあるの」

シリアスな口調を作ると、郁が笑顔を引っ込めた。

「何、それ。ちょー怖いんだけど。まさか先輩も死んじゃうとか、そういうんじゃないよね？」

「いやそれはないから。あくまでわたし個人のどうでもいいことで、でもどうでもよくなくて、どちらかっていうとても大切なことで、郁は知るべきで」

「わけわかんないよ。さっさと言って」

「あのね、郁」

わたしが真正面から郁を見る。郁が真正面からわたしを見る。

ここが病院じゃなかったら、これもありふれたガールズトークだったのに。

「あの、わたし。その。好きな人、できたっぽい」

「……マジで!?」

郁があわてて両手で口を押えた。そんな元気な郁の声を、久しぶりに聞いた。

「何それ！　この前は気になる人もいないって言ってたくせに」

「よくよく考えると、いた」

「で、どこまでいってるの？　告白した？　付き合ってる？」

「全然そんな段階じゃないし。てか、完璧な片想いだし」

しゃべりながら頬が熱くなる。

好き。顔が火照るほど好き。思いは言葉という形にしたら余計に加速して、はっきりと輪郭を持った感情に胸がじんじん痛い。苦くて甘い、愛しい痛み。好きな人がいるって、その人のことを友だちと話すって、こんなにも幸せなことだったんだ。

「マジかー。絆も大人の階段上ったわけね」

「そういう言い方しないでよ」

「はいはい、ムキになんないなんない。で、誰なの？　相手は」

いざ聞かれると、打ち明けるのを躊躇してしまう。なんでこんなに恥ずかしいんだろう。

「……郁も、よく知ってる人」

「え？　ウソっ、歩夢先輩に惚《ほ》れちゃったの!?」

「なんでそうなるの、郁の馬鹿、和義くんのほう!!」

郁が大きい目をますます大きくした。そんな反応をされたらかえって羞恥心を煽《あお》られてしまう。

隣のベッドで点滴を替えていた看護師さんが、カーテンを開けた後、こっちを見て言った。

「あんまり騒がないでください、他の患者さんに迷惑なので」

「ごめんなさい」

声が上ずってしまった。ちゃんと内容まで聞こえてたんだろう、看護師さんは笑いをこらえる顔で怒っていた。

すっかり力が抜けてしまってうなだれると、郁がちょん、と手の甲を突いてきた。

「ごめん、意地悪した。あたしがよく知ってる人だって言われた時点で、すぐわかったよ。和義だって」

「え、なんで」

「だってあたしの知り合いで、絆も知ってる男の子って和義しかいないじゃん」

「まぁ、そう言われればそうだけど」

「そうかー、絆の初恋は和義かー。なんであいつモテるのに彼女作らないんだろう」

郁が好きだからだよ。なんて、もちろん言えない。郁が先輩に会うことを決めたように、和義くんも郁に気持ちを伝えないことを決めていた。その決断をわたしが覆すことは、しちゃいけない。

もし和義くんが郁に気持ちを伝えて、郁がそれに応えたら、わたしは泣きながら親友を祝福する。でもそのif《もしも》は、たぶん現実になることはない。

「絆、がんばりなよ。あいついい奴だし、付き合ったら絶対幸せにしてくれるから」

「そんな、付き合うなんて。無理だよ」

「わかんないよ。和義だって絆のこと好きかもしんないじゃん」

どれだけ鈍感なんだ、この子は。

いや、鈍感じゃないのかもしれない。郁にとっての和義くんはただの幼なじみでそれ以上でも以下でもないから、和義くんだって同じだろうと決め込んでいる。和義くんがもしかしたら自分を、なんて可能性は一ミリだって想像もしない。

「わかるよ、全然好かれてないって。だから片想いなの。可能性ないの」

「諦めちゃだめだよ、絆」

笑っていたけど、郁の声は真剣だった。

そりゃ諦めたくもなる。こんな素敵な子がライバルじゃ、敵《かな》うわけないと思う。

和義くんが好きなのと同じくらい、もしかしたらそれ以上に、わたしは郁のことが大好きなんだ。

「あたしだって最初は先輩と付き合えるなんて思ってなかった。長い人生何が起こるかわかんないんだよ」

長い人生、というところにアクセントがあった。

髪を失った郁の背景で、窓から見える雲がゆっくりと形を変えていく。ぱぁんと生命力が漲《みなぎ》った夏の雲じゃなくて、輪郭を失いかけたやわらかそうな秋の雲。

郁はもう、春の雲も夏の雲も見ることはない。

「今の絆は最初に話した時の絆じゃないもん。四月に初めて教室で見た絆は暗くて、じとーっとして、年じゅう梅雨みたいな顔してた」

「……ずいぶんひどいこと、言うね」

「でも今は違う。あたしを先輩に会わせてくれるくらい、勇気を出せる子になった。今の絆は、ひとの心を動かす力を持ってる」

そんなすごい力が本当に自分にあるのか、と思ってしまう。たしかにわたしはもうＳＮＳに依存していないし、太ももにカッターを当てることもない。でもこの先、一生弱音を吐かないでいられる自信なんてないし、自分がそんなに強くなったとも思えない。

けれど郁は、確信を持って言ってくれる。

「絆は優しくていい子だよ。だから可能性ないなんてことない。あたし、今すごく嬉しいんだよ。絆が恋をして。もし絆と和義が付き合ったら、素敵だなって思う。絆、絶対幸せになってね」

「――やめて、郁。そんなこと言ったら。そんなの、まるで」

まるで、郁が本当に死んじゃうみたいじゃない。

揺るがない現実でも、それが今だなんて、駄目だ。まだ、そんなこと言うには早過ぎる。

嫌だ、駄目、やめて。そんな言葉を繰り返しながら、こらえきれずにわたしは泣いた。涙でぐにゃぐにゃになった世界の中で、郁はモネの絵画に描かれた人みたいに微笑んでいた。

衣替えはまだ十日ほど先なのに、霧のような冷たい雨が降って秋の風が吹いて、ほとんどの生徒が長袖を着て登校した日、昼休みに乃慧さんに呼び出された。春、郁と初めてふたりでちゃんと話した校舎の裏庭。あとひと月もすれば赤や黄に色を変える桜の葉はまだ瑞々《みずみず》しい緑色で、憂鬱な鉛色の空をバックにゆさゆさ揺れていた。

先に来て校舎の壁にもたれていた乃慧さんの一メートル隣にわたしも立った。無言がたっぷり一分ぐらい続いた。風がスカートをふくらませて、傷のあるあたりがすうすうとした。

「あたし、どうしてもあんたのこと嫌い」

濃縮された悪意が声に詰まっていた。でもその声は、小さく震えていた。

「あんたみたいなネクラのブスのキモ女が、郁とあたし以上に仲良くなって、秘密をこっそり打ち明けてもらって、旅行行ったりライブ行ったり。正直、すごい腹立つ。一生許せないと思う」

わかってた。これが青春もののマンガやドラマだったら、対立した挙句友情が生まれて、ついにハグしてハッピーエンド。でも現実はそんなに甘ったるくないし、たいがいの人間は物語の中みたいに優しくはない。

「でもさ、あんたに言われて気付いたんだよね」

「……何を?」

「あたしがあんたのこと嫌いでいたら、郁が悲しむんだって。郁は自分が好きなあんたのことを、あたしにも好きになってほしいんだろうなって思って」

そこでようやく視線がかち合った。乃慧さんはつけ睫毛とカラコンで彩った、ぱっちり大きなチョコレート色の瞳をしていた。少し濡れていた。

わたしだって、乃慧さんのことを好きにはなれないと思う。香菜さんと亜弥さんはもう怖くないけれど、未だに乃慧さんのことはちょっと、怖い。激情家で情緒不安定で、グサリと来ることもズバリと言って、どうしたって穏便な付き合いはできそうにない。

でも、乃慧さんの言うとおり、郁はきっと望んでいる。

郁がいなくなった後、わたしが、乃慧さんが、ひとりぼっちにならないことを。

「ねぇ」

「うん」

「郁、死ぬんだよね」

乃慧さんの濡れた目からぶわっと涙が吹き出した。アイラインが滲むのも構わず、手の甲で乱暴に目を拭う。

「死ぬって、もう会えないってことだよね」

「うん」

「死んだらもう、郁と遊べないんだよね」

「うん」

「郁と、話もできないんだよね」

「うん」

「郁、すっごくすっごく遠くへ行っちゃうんだよね」

「……うん」

「やだ」

子どもが買ってもらえないおもちゃをなんとしてでも買わせようというような、まっすぐではっきりした「やだ」だった。こんな「やだ」を高校二年生にもなって迷いなく言う人なんて、たぶん他にいない。

「やだよあたし。郁がいなくなるなんて、絶対嫌だ」

「……乃慧さん」

「あたしとても耐えられないよ。郁がいなくなるなんて」

「乃慧さん」

「郁がいなくなるなんて絶対嫌!! そんなの、受け入れられない」

その場にぺたんと三角座りになって、乃慧さんはぼろぼろと涙を流した。まるで身体の中に海があるみたいに、涙はどんなに流れても尽きることはなかった。

乃慧さんは決して強い人じゃない。きれいで、目立っていて、スクールカースト最上位で、自分の美しさに自覚的で、自信に溢れていて。でも本当は大きな悲しいことがやってきたら泣き喚くばかりで何にもできない、ただの未熟で弱い子どもだ。

「わたしも、嫌だよ」

乃慧さんはしゃくりあげながらわたしを見た。その顔はもう涙と鼻水でひどいことになっていた。アイメイクが落ちて毛並みの乱れたパンダみたいになっている。

「わたしも嫌。郁がいなくなるなんて、絶対嫌。そんなの受け入れないよ。乃慧さんと一緒。でもね」

かがんで乃慧さんと目線を合わすと、涙でぐしゃぐしゃになった乃慧さんの瞳はつぶらで、可愛らしかった。暗闇に灯った蠟燭《ろうそく》みたいに強い願いが浮かんでくる。

わたしはこの子と、友だちになりたい。

「でもわたし、乃慧さんのそばにいるから。郁がいなくなっても、乃慧さんをひとりぼっちにはしないから」

「……何よ、それ」

「大人になったら、一緒に郁のこと話そうよ。高校の時あんなことあったこんなことあったって、笑って思い出そう。郁の話、たくさんしようよ」

郁とは全然違う形になるだろうけど、乃慧さんともこれからきっと仲良くなれる。

ふたりとも、郁のことが大好きだから。

「一緒に郁のこと見送ろう。わたし、乃慧さんのそばから離れないよ」

「いらないし。そんな、押しかけ女房っていうか、押しかけ友だち」

言葉とは裏腹に乃慧さんがしがみついてきた。そして泣き声を上げた。

ざわざわと桜の葉が揺れる音に、弱々しい嗚咽《おえつ》が重なった。

第四章

冬

お盆もお正月も関係なく、人は怪我《けが》にも病気にもなるので、病院に休みはない。よって病院で働くお母さんも、年末だからって長い休みを取ることはできない。去年も一昨年も、年越しはひとりでカップ麺の蕎麦《そば》を食べて過ごした。

だから、大晦日《おおみそか》にお母さんが休みを取ったのは、わたしにはちょっとした衝撃だった。郁のことで喧嘩になって以来、ここ数か月は自転車がきしむようにぎくしゃくしていたから、母親として、ゆっくりふたりで過ごす時間を作ろうとしていたのかもしれない。

夕方、スーパーでお母さんが年越し蕎麦の材料を買ってきて、紅白が後半に差し掛かった頃、台所に呼ばれて料理の手伝いを頼まれた。葱《ねぎ》を上手く刻めなくて、切ったつもりがみっともなくつながってしまって、お母さんは本当に不器用ねと笑った。小さい頃からいつも失敗しては怒られてたのに、今日はとても優しく笑った。

できあがった年越し蕎麦に総菜売り場で買ってきた天麩羅《てんぷら》を浮かべて、リビングのテーブルで向かい合って食べた。ずるずる、とふたりともしばらく無言で蕎麦を啜った。麺は少し硬くて、つゆは心もち薄いような気がした。でも去年と一昨年にひとりで食べたカップ蕎麦より、おいしかった。

「ずっと聞きたかったこと、聞いてもいい？」

箸を持ったままぽつんと言うと、お母さんは口の中の天ぷらをさくさくとゆっくり飲み込んでから答えた。

「何？」

「わたしの名前、なんで絆っていうの？」

変わってはいるけれどいわゆるDQNネームでもキラキラネームでもないし、読みづらくもないし、客観的に見れば嫌うような名前じゃないだろう。でもわたしはこの名前にずっと違和感を覚えていた。小学三年生の新学期、最初の授業、初めて顔を見る先生が名簿にずらっと並んだ名前をひとりひとり読み上げていく時、わたしを呼んだ後こっちをちらりと見て「可愛い名前ねぇ」と微笑んだ。途端に全身にぶわっと火が立ち上りそうな恥ずかしさが込み上げた。何人かの子がクスクス声を抑えて笑ったのが、わかったから。

わたしは、可愛い名前にも個性的な名前にも相応しい人間じゃない。幼心にも悟った。以来ずっと「絆」じゃなかったらいいのに、と思って生きてきた。

「もうあんたも高校生だから言うけれど、お母さん、不倫してたの」

「知ってる」

お母さんは意外そうな顔はしなかった。ただ、そう、と小さく言った。

「当時、今とは別の病院に勤めていて、そこのお医者さん。優秀な外科医だった。結婚してることは知ってたから、誘われても最初は断ってた。でも繰り返し誘われて、一回ぐらいいいかなって思っちゃったの。その時は本当に好きになるなんて思ってなかったし、好きになってからは奥さんとは別れるって言葉を愚かにも信じてた。信じて、会い続けてた」

いつのまにか、唇を噛んでいた。どす黒いものがお腹の底でじわじわと虫みたいに蠢《うごめ》くのを、止められなかった。

不倫の是非じゃなく、お母さんの女の部分に触れて、苦い唾が込み上げてくる。

「妊娠がわかって、嬉しかったの。これでいよいよ奥さんと別れてくれる、好きな人と一緒にいられるって。でも妊娠を告げるとその人はただ動揺して、しばらく考えさせてほしいって言われて、数日後、頭を下げてきた。どうか堕《お》ろしてくれって」

「……何、それ」

「絶対産む、もう産むって決めたって答えたら、じゃあひとりで産んでくれ、認知はしないって。その場では養育費払うって言ってたのに、結局一円ももらってないわ」

「──馬鹿だよ、そんなの」

だって、別に産んでほしくなんかなかった。

自分の欲のために悪いことを平気でして、ひとりで産んで育てて、いつも仕事ばっかりで肝心のわたしには冷たくて。その結果、生きていたって嫌なことばっかりだし生きていたくないし、そもそも最初から生まれてこなければどれだけ楽だったか。

かつてのわたしなら、そう思っていただろう。

でもわたしは、生きることに意味を見出《みいだ》し始めている。毎日がただ息を吸って、ご飯を食べて、布団にくるまって寝る、それだけのものじゃなくなっている。

だからそれ以上、お母さんを責められなかった。

「そうね。馬鹿よね、不倫なんて」

お母さんはわたしをまっすぐ見て、言った。

「でも、馬鹿だったから、あんたに会えた。産んで後悔したことなんて、一度もないわ」

ずるい、と思った。

だったら、もっと一緒にいて可愛がってほしかった。絵を差し出した手を振り払わないで、失敗する度にぶたないで、ちゃんと愛されているって信じさせてほしかった。お母さんはわたしのことが嫌いなんだ、なんて一度も思わせないで。

ずっと辛かったのに、そんな温かい言葉でくるんでしまわれたら、ひとことも言い返せなくなってしまう。手を払われたこともぶたれたことも許してもいいという気になってしまう。

左手の中の蕎麦のお椀《わん》がだいぶぬるくなっていた。

「産むまではもう、大変だったわよ。親に話したら、不倫した挙句未婚で子ども産むなんて、お前はもううちの子じゃない、今すぐ堕ろせ、って。人を殺したら裁かれるのに、親に人殺しを薦められるなんて変なものよね。結局勘当されて、あんたが二歳になるまで会いに行けなかったの」

「そんなことあったなんて、知らなかった」

「好きな人と別れて、親には拒絶されて、周りの友だちからも馬鹿扱いされた。病院で出産して、その時思ったの。この子にはこんな孤独な思いはさせない、たくさんの人と絆を結んで充実した人生を過ごしてほしいって。だから、絆にした」

そんなことを言われたら、余計に自分の名前が嫌いになりそうだ。

つけられた名前と歩んできた現実があまりに違って、名前負けにもほどがある。

心中を見透かすように、お母さんは言った。

「だから、あんたになかなか友だちができないのが、歯がゆくて仕方なかった。いじめられてると知った時は、情けないとさえ思った。あんたの弱くて暗くてじめじめして協調性がなくて自己主張ができないところが、ずっと嫌いだった」

「嫌いって。自分が産んだんでしょ」

「愛してさえいれば全部が好きだなんて、そんなことないのよ。そばにいれば好きな部分も嫌いな部分も見えてくる。自分が産んだ子どもでさえ、そうなのよ。誰かに対する好き嫌いなんてそんなものなの。ただの感情」

理屈っぽい言い方だったけれど、たぶん、つまり、お母さんはこう言いたいんだ。たしかにわたしのことが嫌いだったけれど、ちゃんと愛してもいると。嫌いなのはわたしの一部だけで、それは全体から見れば些細《ささい》な問題なんだと。

わたしはお母さんに多くを求め過ぎたのかもしれない。世の人が考える、マリア様のような無償の愛を与える、母親像。

実際はお母さんは聖母じゃなくて人間だった。こんな時にすらつっけんどんな言葉しか言えない、愛情の示し方がわからない、不器用な大人。わたしが未熟な子どもであるのと同じで、お母さんだって完璧にほど遠い大人なんだ。

「よかった。あんたに、友だちができて」

郁の名前を出さずに、お母さんは言った。

遠くで除夜の鐘が一年を区切る音を立てた。

元日は晴れたけど空気はぱりんと冷たくて、息をする度、鼻が凍りそうだった。

ダウンジャケットにジーパンでもじゅうぶん寒いのに、地元の神社には参拝を待つ人たちが蟻《あり》のように列を作っていた。はしゃぎまわって親に怒られている子ども、受験生っぽい中学生グループ、背中の丸まったおじいちゃんとおばあちゃん。

これほど多くの人たちを、こんな寒空の下で並ばせるなんて、初詣という風習は大したものだ。

「去年の初詣ではお参りした後、みんなで綿飴《わたあめ》食べたんだよ」

香菜さんが言った。神社の境内には食べものの屋台が出ていて、参拝のためにさんざん並んだはずの人たちがまた並んでいた。

「思い出したー！　口の周りべったべたになって、郁なんて髪の毛まで飴が貼りついて大変なことになって、すごい笑ったよね」

背の高い香菜さんの肩のあたりで小柄な亜弥さんが言う。こうやってみんなで郁のことを話す時、透明だった空気が淡いグレーに染まるようで、切ないとも苦しいとも言い表せない感情に胸が痛くなる。

「今日もさ、クレープ食べようよ。チョコとバナナいっぺんに頬張りたい気分！」

乃慧さんは完全に頭の中がクレープモードになってしまったらしく、弾んだ声を出す。みんなジーパンなのに、乃慧さんだけは膝上まであるブーツに思いっきり短いショートパンツを合わせていて、むき出しになった太ももを一度も寒いと言わないことに感心してしまう。

「クレープなんてやだよ。女が食べるもんじゃん。たこ焼きとかにしてくれよ」

和義くんが不満の声をあげた。すかさず乃慧さんと香菜さんにたしなめられる。

「何その思い込み。クレープは万人共通の好物なの。今すぐクレープに謝って！」

「せっかくあたしたちと初詣来たんだから、今日ぐらいは女子に合わせてよ」

「それは、こういうことはみんなでお願いしたほうが効き目あると思って。別に甘いもん食べたくないし」

「じゃあ多数決を採ろう。この後クレープがいい人！」

乃慧さんがそう言って真っ先に挙手し、香菜さんと亜弥さんも右手をあげる。三人の視線が集中して、わたしもおずおずと右手を伸ばした。和義くんが肩をすくめる。

「こんなの、多数決採るまでもないじゃん。わかったよ、今日はクレープにする」

「たまにはクレープもおいしいかもしれないよ」

「絆さ、それ、フォローになってねぇよ」

和義くんが言って、三人が声をあげて笑った。合わせて笑うと、いちばんここにいてほしい人がいない寂しさが喉を刺した。

「みんな、本来の目的から逸れないでよね。今日はお参りに来たんだよ。まずはしっかり神様にお願いしなきゃ」

亜弥さんがずれた耳当てを直しながら言う。プードルの毛みたいなもこもこの耳当ては温かそうで、見ていると寒風に晒された自分の耳が余計に寒くなる。

「わかってるよ。さっきも言ったけど、お願いごとはひとつだからね。この際、自分のことは願わない。自分でどうにかできることは自分で叶える！」

「とかいって乃慧、こっそり願ってそうだよね。将来金持ちと結婚したいとか」

「それは来年のお正月に願う」

真顔で否定しない乃慧さんがおかしくて、噴き出した。

やっと順番が来てみんなで賽銭箱《さいせん》に五円玉を入れ、鈴を鳴らして二拝二拍手一拝をする。手を合わせて顔を上げると、隣の和義くんもその隣の乃慧さんも、まだ神妙に祈っていて、わたしはあわててもう一度手を合わせ、神様に念押しした。

クレープを買いに行く前に、百円ずつ出し合って五百円の絵馬を買った。『郁が一日でも長く生きられますように』と真ん中に大きく書いて、周りには五人の名前。まるで寄せ書きみたいな絵馬になった。

郁はまだ、生きている。五月に余命半年と言われ、九月にあと二か月になったけれど、年が明けた今も、息をして心臓を動かしている。

新しい年を迎えるおめでたいムードから切り離されたように、病院の廊下はがらんと寒々しく、行きかう看護師さんやお医者さんの足音がひんやり耳に届いた。ここに入院している人たちは紅白も年越し蕎麦もなく、家族から離れたところでひとりで年を越したことになる。そういう人たちの存在を、今までは気にも留めなかった。

郁の枕元には、もうすっかり顔なじみになってしまった郁のお父さんとお母さんがいた。ふたりとも疲れた顔をしている。いくら心配しても、郁の命が少しでも長く続くよう神様に祈っても、所詮友だちは他人だ。家族を、それも自分たちが生み育てた大事な娘を失《な》くす親の苦しみは、想像したってしきれない。

「あけましておめでとう。今年もよろしくね」

どうしても張りつめてしまう場の空気を和ませるように、郁のお母さんが言った。今年もよろしく、というありふれた言葉に込められた意味を、みんな理解していた。

「郁。友だちが来てくれたよ」

郁のお父さんが娘に語りかける。

郁は眠っていた。腕は点滴に繋がれ、髪の毛どころかきちんと整えていた眉毛も長く見事だった睫毛も抜けてしまって、ひどく痩せていても郁はきれいだった。顔かたちではなく命そのものの美しさが、その終わりが近づいてさらに輝きを増していた。

「郁。これ、みんなからプレゼント。お守りだよ」

神社で買った病気平癒のお守りを瞼《まぶた》の上にかざしても、郁は反応しない。

年末から、郁は一日の大半を眠って過ごしていた。起きている時も意識が朦朧《もうろう》とするらしく、会話をしても言葉が返ってくるのが遅くて、顔の筋肉が弱っているのか表情が精彩を欠いていた。

そんな郁を見ているとこれから消えてなくなるものの大きさに打ちひしがれそうになるけれど、わたしは自分に密かな約束をした。

どんなことがあっても、最期までちゃんと郁の友だちでいようと。

面会謝絶になるまで、お見舞いに行き続けようと。

「中二の時、おばあちゃんが死んだんだ。あたしが小学生の頃からずっと介護が必要で、お母さんが付きっきりで」

病室を出た後、五人で乗ったエレベーターの中で乃慧さんが言った。重力がかすかに強くなり、階数表示がゆっくりカウントダウンを始めた。

「息を引き取った時はみんなでおばあちゃんがんばったねって、そればっかりで、正直みんなホッとしてたと思う。自分でご飯も食べられないトイレにも行けない年寄りがやっと死んでくれたって、口にしなくてもきっと誰もが思ってた」

乃慧さんはそっと下を向いた。親しい人の死をきちんと悲しめなかった過去の自分を、責めていた。

「歳《とし》を取った人が死ぬのはしょうがないけれど、あたしたちと同い年なのに死ぬのは受け入れられないって、命を差別してることになるのかな。年寄りの命も高校生の命も、重さに変わりはないはずなのに」

言いながらムキになったような乱暴な仕草で目もとを拭《ぬぐ》う。エレベーターが一階についていて、五人で歩き出した。すれ違ったお医者さんが乃慧さんが泣いているのに気付いたらしく、控えめに目を広げた。私は乃慧さんの肩にそっと手を置いて言う。

「乃慧さんは命を差別してるんじゃなくて、覚悟ができていないだけだよ。大切な友だちを、永遠に失う覚悟。そんなの、わたしだって絶対できないけれど」

乃慧さんはごしごし手を動かして涙をふきながら、小さく頷いた。

三学期が始まって一週間が過ぎた日の午後、お見舞いに行くと先に和義くんが来ていた。前の日の夜、二十二時頃、『俺明日見舞いに行くけど絆はどうする？』とメッセージが来て、『わたしも行く』と返すと『じゃあ明日病院で』とだけ返ってきて、時間を指定したりはしなかった。すれ違いになる可能性も高かったのに、会えたことが素直に嬉しかった。

「郁、寝てるよ」

「ほんとだ。郁、すっかり眠り姫が板についちゃったね」

冗談めかして言ったけれど、和義くんは少し口もとを緩めただけで笑わなかった。

「今思えば、本当に東京へ行ってよかったって思う。マルキュー行って、ライブ行って。郁には無理をさせちゃったけど、元気に身体が動くうちに郁がたくさん笑ってくれてよかった」

「郁、絆には生きることが楽しいって思ってもらいたいってさ」

すぐには意味がわからなかった。病室では、だいぶ弱くなってしまった郁の小さな心臓が鼓動を刻んでいた。

「マルキューで絆が試着してる間、唐突に言ったんだ」

わたしを見る和義くんの瞳は、山奥で生まれたばかりの川の水みたいに澄んでいた。

「おしゃれして可愛くなって、ライブではしゃいで、この世には楽しいことがいっぱいあるって知ってほしいんだって」

「郁が東京行きたがってたのは自分のためじゃなくて、わたしのためだったの？」

「自分のためでもあるし、絆のためでもあったと思う。絆が笑ってくれれば、郁だって嬉しかっただろうな。寿命が一日プラスされるくらいに」

苦しいほどに熱い気持ちがお腹の底から湧き上がって心臓を握り潰して、喉がばらばらに砕けそうになった。

死を望むことが罪だとしたら、これほどの罰があるだろうか。これ以上ないくらい大切に思えた人を、その未来を、失うという罰。

さんざん死にたいと喚き散らして、自ら小さく削ってきた命だ。できることなら、わたしの命を全部、郁にあげたい。

「その時は郁が何言ってるのかよくわからなかったけどさ、絆と何度も会ってわかった。絆って、苦しいことや悲しいことには敏感なのに、幸せには鈍感な人間なんだなって。おいしいものを食べておいしいって思ったり、友だちと旅行して感動したり、そういう経験が圧倒的に少ない人間なのかなって」

「そうだったかもね。でも今は、違うよ」

余命を打ち明けられたあの日から、どうやったら郁を救えるかって考えていた。傲慢《ごうまん》だった。

死を望み続けていた人間が、生を望む人間を救うことなんて不可能だった。

わたしは、郁に救ってもらってばかりだったんだ。


午後十一時過ぎにベッドに入って、目が覚めたらカーテンの隙間から見える外の世界は真っ暗で、スマホを確認したらまだ午前二時だった。もう一度眠ろうとしても意識は冴《さ》えていく一方で、午前三時が経過した頃、今日授業中に居眠りするのはしょうがないと割り切ってスマホに手を伸ばす。

久しぶりにＳＮＳのアプリを開いた。郁に見られてしまってから作ったふたつめのアカウントは見ている人も少なく、メッセージも来ていなかったけれど、高校に入ってから一年間使い続けたアカウントは放置している間にフォロワーが増え、メッセージも二件来ていた。

『こんにちは。最近呟いていないですが、元気ですか？　いつもかなり追い詰められていた感じだったので心配しています』

『まさかとは思うけど、ほんとに死んでないよねー？』

たった二件だけだったけれど、ここはたしかにわたしの居場所だったんだと実感する。客観的に見れば逃げていただけだったかもしれないけれど、スマホの中にはわたしが唯一自由になれる場所があった。

数か月ぶりに百四十文字以内で言葉を綴る。

『呟いていないことに心配して、メッセージくれた方ありがとうございます。わたしは、生きています。そしてこれからは未来を信じて、たしかに一日一日、生きていきたいと思います。そうしなきゃと思わせてくれる、大切な友だちができました』

少しだけ迷って、送信ボタンを押した。

真夜中で誰も見ていないだろうと思っていたのに、数分でいくつかのリプライが来た。そのすべてに、空気すらない暗闇に放り出されたような絶望を覚えた。

『いきなり何ですか？　リア充宣言ウザいんですけど』

『未来を信じてとかクサすぎてフいたｗｗ　友だちってどうせ彼氏でしょ？　あなたみたいな人すぐ捨てられますよ』

『病みツイート見てすごく共感してたので、こんなこと言うなんてすごく残念です。メンヘラは一生治りません。今はそんな気持ちでいるだろうけど、どうせまたすぐ病むでしょ。その時は垢変えるだろうけど』

『別に誰も本気であなたのことなんか心配していません』

最後のリプは、心配していますとメッセージをくれた人からだった。

つい今しがた、ここが自分の居場所だったと思ったけれど、それは間違いだった。いつも見てくれていいねを押してくれて、時には励ましの言葉をくれた仲間だと思っていた人たちは、わたしのことなんてどうでもよかったんだ。

みんなが見ていたのは、病んでいるわたし。優しげな言葉は、単なる冷やかしか、好奇心か、または自分より不幸な人の存在に安心したいだけだったんだ。

郁に出会う前のわたしだったら、この絶望に耐えられなかっただろう。誰かに嫌われ、批判されることが、死ぬことより痛くて辛くて苦しくてたまらなかっただろう。

でも今は、死と闘うことがどれだけ痛くて辛くて苦しいか知っているから、こんなことなんでもないと思える。失望はしても、絶望はしない。

一件だけ、まともなリプライが来ていた。

『クソリプばっかりで啞然としています。みんな、なんでがんばろうとしている人を素直に応援できないんでしょう。メンヘラにとって生きることがどれだけ大変か、私はよく知っています。その友だちを大切にしてください』

目もとが一瞬じわっと熱くなって、でも泣くのは違う気がして、涙をこらえた。

アプリを削除した。それでやっと、邪魔になってしまった大きな家具を処分できたような気がした。心の空きスペースは気持ちいいほど広々としていて、これからそこにたくさんの幸せを詰め込めると確信したら、ようやく羽根のように優しいまどろみが訪れた。

この辺りは年間を通じて東京より五度は気温が低いから、大寒の頃は毎年かなりの雪に見舞われる。街じゅうどこを見ても白く、川の表面は凍り、空はまだまだたくさんの雪を生み出しそうなたっぷり厚みのある雲に覆われていた。

北極からそのまま運ばれてきたみたいな風が吹く屋外から病院の中に入ると、ほどよく効いた暖房に全身の力が抜けそうになる。今日も病棟は静かで、患者さんたちはひそかにそれぞれの命を刻んでいて、寒風に冷やされた鼻がかすかに感じ取る死のにおいに、ここが特殊な場所であることを思い知らされる。

　郁は、珍しく起きていた。といっても身体を起こしているわけじゃなくて、横になったまま目を開けていただけ。わたしに気付いて弱々しく首を動かし、どこにも毛のなくなった顔で小さく笑う。

「ひとり？」

「亜弥さん今日は生徒会で、乃慧さんと香菜さんが手伝いに行ってる。和義くんは先生から呼び出し。みんな、わたしに先行って、って」

「何か、したの？」

　和義、と主語が省略されている。十一月に脳まで転移した癌細胞は郁の喉からすらすらした発語を奪ってしまい、今は認知症を患った百歳のおばあちゃんのようにしかしゃべれない。

「ううん、いわゆる進路指導。ほら、和義くん東京の大学行くって言ってるから」

　郁は清らかな笑顔で頷いた。

　窓の外をちらちらと舞うものがあった。午前中いっぱい降り続き、今日はもう止むだろうと思っていた雪がまた降り始めていた。

「郁、雪だよ」

郁は素直に、ゆっくりと首を窓に向ける。

「雪だ」

「雪だね」

「桜、みたい」

「そうだね」

「ねぇ、絆」

舞い落ちる雪を見つめながら、郁が言う。桜のように美しく、粉砂糖のように細かい雪が、ひとひら、ふたひら、風に躍らされながら重力に引っ張られていく。

「あたし、怖い」

言葉がゆっくりになるのと同時に感情まで希薄になってしまったかのような、平坦《へいたん》だった郁の声に色がついた。紺色に近い、冷たく黒々とした青。

「死ぬのが、怖い」

きっと今まで誰にも言えなかった、言わなかったことを、郁は言った。

「死ぬの、怖いよ」

もう一度言った。わたしの震える喉からは、返す言葉は出てこない。

「怖い。どうしよう。絆」

郁が窓からこちらに視線を移して、その目から泣く力さえ失われかけていることを示す細っこい涙の筋が流れ落ちた。

「わたしも。わたしも、怖い」

郁の真っ青な恐怖は一瞬でわたしに伝染して、涙を止める術がない。

「怖いよ。郁がいなくなることが、怖い」

「きずな」

「どうしよう、郁。怖い。怖いよ」

泣いている郁の身体に覆いかぶさるように抱きついて、ぼろぼろ泣いた。わたしの腕の中で郁も泣いた。

受け止める時間はじゅうぶんあったはずなのに、いざとなったらまったく準備ができていなかった。わたしたちはそれぐらい弱くて、幼くて、小さな存在だった。

どれくらい時間が経ったのかわからなかった。数分にも数十分にも数時間にも感じられる間、わたしたちは泣いていた。

「絆、郁ちゃんから離れなさい」

有無を言わさないきつい口調に我に返る。お母さんだった。

仕事モードのお母さんが、ふたりの涙で汚れてしまった郁の顔を覗き込み、何事もなかったように言う。

「郁ちゃん、点滴替えるからね」

きびきびと仕事をこなす手を、じっと見ていた。瘦せて血管が浮いて筋張った、実年齢よりも老けた手。経験を積んで仕事を得て家族を養う、大人の手。

こんな手を得る前に、消えていく命が目の前にある。

「絆、ちょっとこっちに来なさい」

病室を出たお母さんは、わたしの斜め前をすたすた歩き、廊下を横切り、ラウンジに入った。ここは患者さんやお見舞いに来た人たちが座って話せる場所で、椅子は三割ほどしか埋まっていなかった。

お母さんはラウンジのいちばん奥まった椅子に腰かけた。わたしは隣の椅子に座った。目の前の窓からは、勢いを強めて降る雪がよく見えた。

「あんた、自分が何したかわかってる?」

小さく首を横に振る。顔の左側にお母さんの視線を感じる。下を見ると、鬱陶しいほど長い制服のスカートからタイツに覆われた自分の脚が覗いていた。他に見るところもなくてじっと脚を見ていたら、お母さんが急に大きな声を出した。

「あんたの涙が、郁ちゃんをどれだけ不安にさせたと思う?」

「え」

「え、じゃないわよ。あんたは郁ちゃんの親友なんでしょう? 郁ちゃんを支えたいんでしょう？　なのに、肝心な時にしっかりしないでどうするのよっ」

怒鳴り声に反応して遠くで談笑していた人たちがこちらを見る。お母さんは、怒っていなかった。感情を排し、理論に基づいて、適切なやり方でわたしを叱っていた。

「今の郁ちゃんは寝ている時は幸せな夢の中にいて、起きている時は死ぬより辛い現実の中にいるの。わかるでしょう？　怖くて、不安で、悲しくて仕方ないの。その郁ちゃんを支えるなら、あんたが泣いたりしちゃいけないの」

この時ほど、強くなりたいと思ったことはなかった。

弱い人間は自分のためにしか生きられない。わたしは強い人間になりたい。

「あんたは郁ちゃんを支えなさい。お母さんは郁ちゃんを支えるあんたを支える」

お母さんが肩を抱きしめてきた。大人の手は、想像よりもずっと暖かかった。

「親友のあんたが郁ちゃんの支えになるの。そして郁ちゃんがいなくなっても、お母さんはずっとあんたの支えだから。あんたはひとりで生きてるわけじゃない、ちゃんと強くなれる」

わたしが泣くべきじゃない。でも郁が見ていなければ、少しくらいは大丈夫。

震えながら涙をこぼすわたしの背中を、お母さんは何度もさすってくれた。

どんな親だって子どもを愛するものだとか、親の愛情は無償で無限だとか、立派な大人たちが言う理屈で自分を納得させようとしても、無理だった。当たり前だ、愛情は頭で理解するものじゃなくて心で感じるものだから。こうして触れられるまで、わたしはお母さんの愛情を信じていなかった。

十六歳まで親から愛されないと思い込んで育つって、なんて不幸なんだろう。

でも、これからは違う。

泣き止んだわたしに、お母さんが売店でココアを二本買ってきた。熱すぎるココアで最初のひと口で舌が火傷《やけど》しそうになって、それからゆっくりちびちび飲んだ。細い缶がやっと四分の一ほど減った頃、乃慧さんの声がした。

「なんだ絆、ここにいたの」

乃慧さんと香菜さんと亜弥さん、和義くんもいた。お母さんがよそゆきの笑顔を作って、絆の母でここの看護師ですと挨拶し、四人が小さくお辞儀をした。

「病室にいないから。メッセも返ってこないし、捜したよ」

香菜さんが呆れたように言う。和義くんが心配そうな声を出した。

「絆、ものもらいか？　目、めっちゃ腫れてるぞ」

「平気だよ」

泣いたことは秘密にした。それから、お母さんの耳もとに口を近づけて囁《ささや》く。そんなことをするのは、覚えていないくらい小さい頃以来だった。

「お母さん。みんな郁の友だちで、わたしの友だちだよ」

バレンタインの文化はわたしにはなかった。

その意味を知ったのは幼稚園ぐらいだけど、自分の関係ないところで行われる大人のイベントだと思ってたし、小学校中学年ぐらいになって、大人のイベントに参加する女子たちを遠くから見て、自分は本命チョコも義理チョコも友チョコも一生贈らないだろうなと確信した。

でも今年は、チョコレートを食べられない郁のために、初めてチョコレートケーキを自作した。バスを乗り継いでショッピングセンターの手芸売り場へ行き、数種類の茶色いフェルト地とアラザンみたいな銀色のビーズを買った。裁縫は苦手で、イメージしたものを立体にするのは気が遠くなる作業で、四つ失敗した。五つ目にできたフェルトのチョコレートケーキは二段重ねにして、てっぺんにアーモンドを模したベージュの楕円形の飾りを置き、アラザンをひとつぶひとつぶ縫い付けた。

できあがったチョコレートケーキを百均で買ったラッピング袋に入れ、口をリボンで結んだ時、肩の力が指先からゆっくり抜けていった。学校の授業ではなく、自分の意志でものを作るのはとても疲れて、根気がいって、楽しかった。

「すごい……」

ギンガムチェックの袋からチョコを取り出すと、郁が素直な感動を口にした。幸いにも、今日の郁は元気だった。大寒の頃以来、お見舞いに来ても涙は見せず、あんなやり取りなんてなかったかのような天使の顔で笑っていた。

「生まれて、初めて、もらった」

「えっ、チョコを？　郁なら友チョコいっぱいもらってたんじゃないの？」

「違う。フェルト、の、チョコ」

郁がせがむので、フェルトのチョコを枕元に置いて写真を撮った。郁の笑顔は赤ちゃんのようにも、百歳のおばあちゃんのようにも見えた。

「三月、三日」

「ひなまつりの日だね」

「たんじょうび」

「郁の？　そういえばわたしたち、お互いの誕生日も知らなかったね。変なの」

「絆は？」

「三月二十八日。幼稚園のお誕生日会が回ってくるの、いちばん最後だった」

「あたしも」

郁がふと、遠くを見る。

「十七歳に、なりたかった」

「え」

「たぶん、なれないけど」

鼻の奥につんとした痛みを覚えた。

わたしは郁を支える。泣かないで支える。

「なれるよ。十七歳にも十八歳にも、四十歳にも百歳にもなれるよ。それだけじゃない、ケーキ屋さんにもお花屋さんにも看護師さんにもOLさんにも先生にも宇宙飛行士にも、テトラポッドにだって、なんにだって、なれるんだよ」

あなたはこれから、なんにだってなれる。

子どもの頃先生か誰かが言っていたいかにも大人が好きな熱い台詞を、自分が言う日が来るとは思ってなかった。

あの時はそんな出鱈目《でたらめ》なことを子どもに言うなんてとんでもない大人もいるなと思っただけだけど、今のわたしはそう言った人の気持ちがすごくわかる。

「それ、バレンタインチョコ?」

涙をこらえて郁を見つめたわたしは、和義くんの声に気付いて振り返った。その瞬間、抑えつけていたものがこぼれそうになった。和義くんはわたしを見て、それから郁を見て、不器用に微笑んだ。手にはガーベラとカスミソウをオレンジのリボンで飾った、小さな花束を持っていた。

「俺からもバレンタインプレゼント。アメリカでは男も女に花束贈るって聞いて」

「なんで」

「深い意味はねぇよ。友だちでいてくれてありがとうって、それだけ」

和義くんの優しい嘘と一緒に、郁は花束を受け取る。かすかに頰を赤くする和義くんを見て、わたしは別の涙が出そうになって、でも郁なら仕方ないなと思った。

郁は和義くんにとって、死ぬまで忘れられない永遠の人になるんだろう。

郁をあんまり疲れさせるわけにはいかなくて、わたしたちは少しだけ話した後ふたりで病院を出た。病院のロビーにはピンクの梅の花が飾ってあった。外へ出るときれいに雪を取り除いた玄関までの小路が、午後遅くの太陽を受けて輝いていた。数十メートルの道なのに、どこまでも続いているようだった。

「ほんとにこれで、よかったの？」

「何が」

「郁に好きだって伝えなくて」

「自分も好き、って言えない相手に好きだって言われるの、結構辛いんだよ。そんな思いをこんな時にさせたくないだろ」

中学の時、和義くんは何人かに告白されていたと、郁が言っていたのを思い出す。遊び半分で告白したりされたりする時期に、気持ちに応えられない苦しさを知った和義くんは、既に大人だったんだ。

振り向いてくれないなら、これ以上好きにさせないで。

「絆って、すごいよな」

「え」

突然何を言われるんだと思った。

「初めて会った頃の絆は、正直あんまり好きじゃなかった。でも今の絆、すごい素敵だよ。すごいことだよ。人間って基本的に変われないものなのに」

絶望的な辛さは霧のように消えていた。胸のいちばん奥に放り込まれたランプのような言葉に、しばらく息ができなかった。


長い冬に、少しずつ春の兆《きざ》しが交ざり始める。公園の花壇を白い花が彩り、近所のスーパーの入り口に小さなひな人形が飾られ、高校の校舎は卒業式を前にどことなく厳《おごそ》かな雰囲気を醸し出している。

乃慧さんたちと化学の問題を教え合っていた昼休み、お母さんから着信があった。

うちの高校は、携帯端末の持ち込みはＯＫだけど、授業中は電源を切るかマナーモードにしてしておく、休み時間には使ってもいいけれど通話は他人に迷惑をかけないようにすること、というちょっと変わったルールを採用しているため、お母さんは気を遣って急用でも絶対学校に電話はかけてこない。そのルールを自ら破ったので、何があったのか直感的に悟ってしまった。

教室を出て校舎の端っこ、がらんとしたスペースで電話をかけ直した。お母さんはすぐに出た。

『もしもし、絆』

「もしもし」

『郁ちゃんね、呼吸器をつけたの。呼吸器の意味、前に説明したわよね？』

うん、と感情が麻痺《まひ》してしまった声を電波に乗せた。

癌の末期、自発呼吸ができなくなってしまった人に呼吸器をつけるかどうかは、家族にとって究極の選択だ。呼吸器をつければご飯を食べることも、しゃべることもできなくなってしまう。人が意思を示せなくなるというのは、最後の尊厳を奪うことだから。

『郁ちゃんたぶんもう、長くないと思う。あと一週間、生きられるかどうか。容態が急変して今夜ってなることも、じゅうぶんありえるの』

「うん」

『学校が終わったらすぐ、会いに来なさい』

震える指で、通話終了ボタンを押した。

教室に戻って今の電話のことをみんなに話すと、香菜さんはそっか、と頷き、亜弥さんは両手を握りしめ、乃慧さんはしばらく両手で顔を覆った。

四人で和義くんのクラスへ行き、男子だらけの理系クラスに現れた女子たちに向けられる好奇の視線に負けず和義くんを廊下に呼び出してもらうと、和義くんはわかった、と深く頷いて、まっすぐな視線をわたしたちに向けた。男の子ってすごい。

一分でも早く病院に行きたかったわたしたちは、授業が終わるとすぐ、タクシーに分乗して病院へ向かった。一台の車に乃慧さんと香菜さんと亜弥さん、もう一台には和義くんとわたし。病院につくまで、わたしたちはひとこともしゃべらなかった。

個室に移った郁の病室の番号は、お母さんに教えてもらった。木のような香りがする病室の中には、郁のお父さんとお母さんと郁がいた。命が秒単位でこぼれていく郁の顔の横で、郁のお父さんとお母さんは微笑んでいた。ふたりとも髪は白髪だらけで肌は皺だらけなのに、笑顔は仏様のようだった。

「来てくれてありがとう、みんな」

「いえ。当たり前のことですから」

わたしが言う。みんなが頷く。郁のお父さんとお母さんが、少しだけ目を細める。

「廊下、出てるわね。友だち同士じゃないとできない話もあるでしょう」

「ありがとうございます」

声はどうしても掠れてしまう。

眠り姫になってしまった郁を前に、わたしたちはしばらく立ち尽くした。ぴこん、ぴこん、とバイタルを示す音が、カウントダウンのように響いていた。

「郁、えらいね」

香菜さんがぽつんと言った。

「ひとりで闘おうとした郁って、ほんとすごいよ」

「郁と一緒にいて、楽しかった」

亜弥さんが、さりげない仕草で目もとを拭いながら言った。

「四人でお茶して、くだらないことでキャーキャー言って、メイクの仕方教え合ったりして。郁との時間、かけがえのない宝物だよ」

「郁、どうして」

乃慧さんが顔を真っ赤にして言った。

「どうしていなくなるの。うちらん中でいちばん長生きするの、郁だって思ってたのに。こんなの、こんなのこんなの、絶対間違ってる……!!」

泣きながら病室を出ていく乃慧さんを、香菜さんと亜弥さんが追いかける。少ししてて和義くんが俺も行ってくる、とわたしに言い残して病室を出た。

ついにわたしと郁、ふたりきりになった。

かけるべき言葉は、なかなか浮かばなかった。郁は目を閉じているだけで、声はちゃんと聞こえている気がしたから。郁に何を言うべきか考えた。そして、言った。

「わたし、郁のこと大好き」

郁の目もとがかすかに動いたような気がした。

「強いのに弱くて、よく笑って、人生をしっかり楽しんだ郁が大好き。……わたし、郁になるよ。郁みたいな、大人になるよ。だから」

一瞬、言葉につまる。

「だからもう、がんばらないで。郁、じゅうぶんがんばったんだから、偉いんだから、これ以上苦しむこと、ないよ。楽になって、いいんだよ」

耐えられなくて目を閉じた。優しい暗闇が見えた。深呼吸をする。一回目は浅くしかできなくて、二回目はちょっと深くて、三回目でちゃんとした深呼吸になった。

目を開けると、郁がこっちを見ていた。何かの見間違いかと思った。

「郁」

呼びかけると、郁はベッドの中に入っていた腕を、こちらへ差し伸べた。機械の力でやっと呼吸している郁の身体のどこに、そんな力があったんだろう。

「郁、だめだよ。無理しちゃだめ」

それでも郁は手を差し出す。握ろうとしたら、郁は弱々しく指を動かした。人さし指と中指の間をちらちらと彷徨《さまよ》った後、亀のようなスピードでわたしの手のひらに下りていく。たどりつくと、ゆっくり、でもたしかな意思を持って動き出す。

指が動く。震えながら、時々止まりそうになりながら、でも止まらずに。字が刻まれる。逆さまの字を読み取るために、全身の神経を手のひらに集中させた。最期の力を振り絞って、郁が指で言葉を刻む。

「生」

「き」

「る」

ようやく最後の丸まで書き終わって、郁は満足そうに微笑んだ。

やっぱり郁は、最期までちゃんと郁なんだ。

「そうだよね。楽になんて、なりたくないよね。郁は生きるんだもんね。これからも生きて、生きて、精一杯生きて、しわくちゃのおばあちゃんになるんだよね」

見逃してしまいそうなかすかな動きで、郁は頭を振る。

引き戸がノックもなしに開いた。振り返ると、顔を真っ赤にしたまま、かろうじてといった感じで涙を止めた乃慧さんを、みんなが囲んでいた。

「乃慧さん、大丈夫？」

「大丈夫じゃないけど大丈夫」

乃慧さんが小さく頷いた。

「ね、見て。郁、目を覚ましたよ」

「嘘でしょ!?」

ばたばたとみんなが駆け寄ると、郁は目を閉じていた。さっきまでこっちに差し伸べられていたはずの手も動いた形跡などなく、きちんと布団の中にしまわれていた。

「郁、聞こえる!?」

「ねぇ郁、答えて」

「こっち見て」

「なんで黙ってんだよ、郁!」

「……ごめん」

震える声で言うと、みんなが一斉に振り向いた。泣きたくないから、笑った。

「わたし、夢を見ていたみたい」

誕生日の二日前に郁は死んで、十七歳になれなかった郁の告別式は三月三日、雛祭《ひな》りの日に行われた。

大きなホールに、いろんな制服の子が集まった。幼い頃に郁と共に闘病した子、小学校の時代に郁のことを可哀相だと思っていた子、郁と一緒に演劇部でがんばっていた子。生前の郁の希望だったんだろう、ハニバスのバラードが流れた時、ほとんどの子が泣いた。ある子はじわりと涙を浮かべ、ある子はすすり泣き、ある子は嗚咽をもらした。乃慧さんも香菜さんも亜弥さんも泣いていた。

わたしだけが、泣いていなかった。

棺の中にいる郁は、生前とはまったく違う濃いめのメイクを施されているせいか、人形のようだった。よく、眠っているような死に顔、なんて言うけれど、たしかにここにいる郁は郁の形をしているだけで、ただのタンパク質の塊になってしまっていた。泣きじゃくる乃慧さんを香菜さんと亜弥さんが両側から支え、和義くんは中学時代に郁が入っていた演劇部の子たちと一緒にいた。どちらにも加われなかったんじゃなく、どちらにも加わらないことを選んだわたしの肩を、郁のお母さんが叩いた。

「どうだった？　郁の葬儀」

「なんか、素敵でした。もっと悲痛っていうか、すごい大変なものになると思ってたのに。全然、そうじゃなかったです。ただ、メイクは失敗だったかな」

郁のお母さんはふふふ、と本当におかしそうに笑った。

「本当ね。今頃天国であの子、なんで最期にこんなブサイクな顔になんなきゃいけないのよって怒ってるわね」

わたしも一緒に笑った。葬儀で笑えるのは、本当の意味で故人を支え切った人にだけ与えられる特権なのかもしれない。

「これ、郁に頼まれてたの。絆ちゃんに渡してほしいって」

差し出されたのは水玉のノート。以前見た時よりボロボロになっている。

「親でも見ちゃいけないものだと思うから、わたしたちは見ていない。でも絆ちゃんには、見る権利が、むしろ義務が、あると思うの」

ゆっくり頷いてノートを受け取った。

ひとりでホールを出て、冬と春の境目を歩く。ホールの隣のコンビニも、国道を走っていく自動車も、水色と白のまだら模様の空も、どこか遠く、現実味がなかった。

五分ほど歩いたところで、ちっぽけな公園を見つけた。平日の真昼間なのに子どもがなぜかひとりもいない、忘れ去られたような小さな児童公園だった。奥のベンチに落ちた枯れ葉をそっと払って腰掛け、ノートを開く。

最初は行きたいところや食べたいもののリストアップだったのが、どんどん具体的な文章に変わっていく。びっしり並んでいた字はページをめくるごとに改行が多くなり、後半は一ページにひとつの「やりたいこと」しか書いていなかった。

郁がいちばん苦しい思いをした秋、進行する病と闘いながら書いた文章だ。

「金星人に会って人類の代表として地球を紹介し、友好関係を結ぶ」

「恐竜時代にタイムスリップして、生のティラノサウルスを見る」

「ジョン・レノンを殺した人を殺す」

郁が生きていたら笑えたんだろうけれど、今のわたしにはどれも笑えないことばっかりだった。夢には叶えられる夢と、叶えられない夢がある。叶えられる夢を叶えた人は、叶えられない夢を希望にして生きていくんだから。

ジョン・レノンの後には、空白のページが続いた。天使みたいだったあんたが最後にやりたかったことがそれかよ、と心の中で突っ込みながら、それでもどこかに続きがある気がしてページをめくり続けていると、再び郁の字が見えた。

いつ書かれたものなのかはわからない。癌細胞が脳に来た後だったのか、文字は戦いに疲れ切った戦士みたいに乱れて、それでもまさしく、郁の字だった。

たしかに死んだのに、ここにはまだ、郁がいた。


この手紙を絆が読む頃、あたしはもうこの世にいないでしょう。なんて、あまりにもベタ過ぎだね。ベタだけど、一度言ってみたかったの、許して(笑)。

今だから言えるけど、四月にSNSで絆の書き込みを見つけた時は、正直すごくムカついた。生きているってものすごく素晴らしくて、恰好よくて、それ自体が奇跡みたいなことなのに、死にたいとか消えたいとかそんなこと言って、せっかく授かった命を投げ捨てようとしているなんて、許せなかった。もちろん、絆みたいに考えている人がたくさんいることは知ってたよ。でもそれって自分とは関係ない世界の話みたいに思ってたのに、実はそういう人がすぐ目の前にいて、同じ教室で同じ授業を受けている。そのことにびっくりしたし、身近なことだと思ったら余計、腹立った。裏庭に呼び出した時、嫌な思いさせちゃったとしたら本当にごめんね。

だから絆があたしの病気のことを知った時、あたしを気にかける番だって言ってくれた時、チャンスなんじゃないかって思ったの。少なくともあたしが生きている間は、絆は死ぬことを忘れてくれるんじゃないかって。それに、あたしが死んでいくのを間近で見ていたら、死ぬってどういうことか、絆もわかってくれるんじゃないかって。そしたら、簡単に死にたいとか消えたいとか、思わなくなるんじゃないかって。

要はあたし、死ぬ前にいいことがしたかったんだよね。単なるあたしのエゴ。そのエゴのせいで絆は今きっとすごく辛い思いをしてるはずだよね。あたしと友だちにならなかったら、絆をこんなふうに苦しめなくて済んだのに。本当にごめんね。あたし、自己中だよね。

ついでにもっと自己中なことを言ってしまうと、絆にはこれから精一杯生きてほしいと思う。生きて、友だちをたくさん作って、高校時代にこんな友だちがいたんだ、死んじゃったけど、死ぬ前に一緒に回らないお寿司屋さんにもケーキバイキングにもハニバスのライブにも行ったんだ、って話してほしい。そんなことも話せる友だちを、作ってほしい。たくさんの人たちと笑ったり泣いたりしながら、大人になって結婚して(もちろん和義と!)お母さんになっておばあちゃんになって、そしてやったー、自分は精一杯生きたんだー、って思って、命を終えてほしい。
そしたらその先であたしたち、また会えるもんね。その時に絆が歩んだ道を、いっぱい聞かせてほしい。楽しかったことも苦しかったことも、全部話してほしい。あたし、一生懸命聞くからさ。

ありがとう。絆、大好きだよ。
絆は生きるよ。
どんなに死にたくても辛くても、まだまだこれからずっと、生きるよ。
最後に、あたしのやりたいことを書いておきます。
ずばり、絆と和義の結婚式に出席する!!
死んでも、絶対行くからね!!

読みながら涙が溢れて、溢れて溢れて溢れて止まらなくなって、ノートにぽつりぽつりと雨が落ちたような染みができて、最後は声を上げて泣いていた。

あの時、郁は、自分が生きるって言ったんじゃないんだ。

わたしが生きるって、言いたかったんだ。

生きろ、でも、生きて、でもなく、

生きる、と。


ようやく涙が収まって歩き出すと、世界はまるで映画だった。雨が降った後の空みたいに、すべてが澄み切って、輝いて見えた。道路の端っこの、土にまみれた雪。当たり前に踏みつけられるマンホール。五線譜のように空を切り取っていく電線。自転車を漕《こ》ぐお母さんと、後ろに座った子ども。点滅する信号機。

　駅前の商店街で小学校の頃よく行っていた文房具店に寄り、ノートを買った。郁は水玉を選んだけれど、わたしはそっけない大学ノートにした。まだ何も色をつけていないわたしには、このノートがぴったりだった。

　家に帰り、机に向かってノートを開く。最初のページに書いた文字は。

「生きるためにやりたいことリスト」

書き終えた後、立ち上がって窓を開けた。

冷たいけれどちゃんと春のにおいを含んだ風が、ふわりとカーテンを持ち上げた。

十年後の春

一生に一度のことだっていうのに、人前に出るのは考えるだけでパニックを起こしそうになることだったはずなのに、鏡を通して逆さまの世界と向き合ったわたしは、妙に落ち着いていた。

マルキューのトイレで郁にメイクをしてもらった後、高校卒業までわたしはメイクをしなかった。働き始めて、大人の女性がある程度のメイクをすることはマナーみたいなものだと気付いて、そこから慌てて勉強した。でも自分でやってみるとどうしても上手くいかなくて、だけど、こうしてプロにやってもらうと全然違う。

ブス姫なんて言われていたのが、信じられない。

「絆ちゃんは、ほんとすごい子だよ、ひとり親でグレる子もいるのに、ずっと素直にまっすぐにここまでやってきて、お母さんに最大限の親孝行をして」

お母さんといちばん仲の良い伯母さんが言って、お母さんが思わず目もとに手を当てた。わたしは笑った。

「グレてましたよ。めっちゃグレてました」

「あら、本当に？」

「正確に言えば、仲間とつるんでグレなかったっていうだけです。ひとりでグレてたので。まぁ、今の子ってみんなそうなのかもしれないけれど」

「絆ちゃん、難しいこと言うようになったのねぇ」

伯母さんが目を細め、他の親戚が笑った。控室のドアが開く。

「みなさんそろそろ、移動しましょう」

式場の介添人に促されて、わたしは鏡の前から立ちあがった。慣れないドレスに卒倒しそうなほど締め付けられて、かかとの高すぎるハイヒールでは今にもすっ転びそうで、でもちゃんと、楽しかった。主人公になれる喜びにときめいていた。

今日、わたしは、和義くんと結婚する。


高校卒業後は地元でいちばん大きい本屋さんに就職した。友だちがいなかった時代に本に支えられて、本に関わる仕事がしたくて書店員になった。社会はまぁ想像していた通り、いや想像以上に、厳しいところだった。やりたくないこともできないこともたくさんやらされて、失敗すると叱られた。

東京の大学に行った後もちょくちょく連絡を取り、帰省すれば必ずふたりで会っていた和義くんから、二十二歳の時、告白された。

「俺が、最初にすげえ、って思った女の子は郁だった。でもその後、すげえって思わせてくれたのは絆なんだ。たぶんこの先、絆以上にすげえって思う子なんて現れないと思う。だからもっと絆のこと知りたいんだ」

嬉し過ぎて泣いたのは、その時が生まれて初めてだった。

披露宴には、ひとりぼっちの十六歳だった過去が信じられないほど、たくさんの人が来てくれた。親戚のおじさんおばさん、高校時代の友だち、一緒に働いている人たち、一度お店に来てくれてその後街で会ってたまたま仲良くなったおばあちゃん、和義くんを通じてわたしの友だちになった人まで。

十六歳のわたしは、誰のことも尊敬できなかった。誰のことも愛せなかった。

世界は灰色で、恐ろしくて、憎悪に満ち溢れた場所だった。

思春期の病なんてなまっちょろいものじゃなく、本気で死のうとしていた。

でも、大嫌いだった世界を、今は大好きでいられる。

全身全霊で、わたしはこの世のすべてを愛していける。

友人代表のスピーチは、乃慧さんだった。いかにも彼女らしい太陽みたいなオレンジ色のドレスを着ている。

「あたしは最初、絆のことが大っ嫌いでした」

会場がシーンと水を打ったようになって、香菜さんと亜弥さんが噴き出した。和義くんもわたしの隣で微笑んでいた。

「全然可愛くないくせに、あたしの一番大事な友だちを奪っていったから。まだ本気の恋をしたことのなかったあたしにとって、郁はあたしの一番だったから。でも郁が逝った後、全力であたしを支えてくれたのは絆でした。立ち直りたいのに立ち直れなくて、いなくなりたいって言ったあたしに、乃慧さんは生きる人だよ、って言ってくれたのは絆でした。絆があたしの生きる力を信じてくれたから……この場で初めて言います。今、あたしのお腹には赤ちゃんがいます」

おおぉ、と何人かが感嘆のため息を漏らし、何人かがすすり泣き、亜弥さんと香菜さんが力いっぱい拍手を送った。ちなみに香菜さんはいろいろ経験しているから結婚できない人で、亜弥さんはいろいろ経験していないから結婚できない人だ。わたしが結婚して、いちばん結婚できなさそうだった乃慧さんが結婚して、焦ってくれるといいんだけれど。

「キャー！　言っちゃったーっ!!」

会場にどっと笑いが起こる。乃慧さんがふと、素に戻る。

「母親になれない女だったあたしを、母親にしてくれたのは絆でした。だから絆には一生、頭が上がりません。もしも絆たちに子どもが生まれたら、あたしの子どもの親友にしようね。親同士も子ども同士も親友なんて、最高だよね」

それからしばらく、乃慧さんは本気で泣いた。

どうしようもなく弱い人だけど、その弱さは彼女の最大の長所だ。

世界は自分次第で灰色にも薔薇色にもできることを、わたしたちは学んだ。

あれほど死にたくて仕方なかったのに、今は不思議なくらい、生きていたい。

宴が進み、母親への手紙を読み上げる時、用意していた原稿を読むのをやめた。

あらかじめ書かれた言葉じゃなくて、今の気持ちを、伝えたかった。

「お母さん。

お母さんは、すごく厳しい人だったよね。

小さい頃は体罰もしょっちゅうで、イライラするとわたしに八つ当たりした。

いじめから守ってくれなかった時は、本気で悲しかった。

言っちゃいけないことを、これから言います。

わたしはお母さんが大嫌いです」

何人かが、ギョッとした顔になる。でもお母さんは、笑っていた。

「大嫌いで大嫌いで、大嫌いで大嫌いで大嫌いで大嫌いで、これからもずっと、大嫌いなままだと思います。

小さな頃のわたしが受けた心の傷は、一生消えないから。

でもね、今ならお母さんの気持ちもわかるんです。

お父さんがいない子だから、誰にも後ろ指を差されないように、厳しく育てたんだなって。お父さんの分まで、わたしに厳しくしたんだって。

今はよく毒親とか言われるけれど、お母さんは間違いなく毒親です」

集まった人たちの反応は様々だ。本気で引いている人、本気で泣いている人、逆に笑っちゃってる人。お母さんはといえば、こくこくと小さく頷いていた。

「自分の親が毒親だと、早い段階で気づくことができたわたしは、幸せです。

あなたみたいになりたくなくて、わたしは心から愛する人と幸せな結婚をします。

子どもができたら絶対に叩かないと、決意できました。

いつかその子が現れたら、わたしは素直に愛を伝えられる。

めいっぱい、抱きしめてあげられる。

だからお母さん、あなたはいっぱい間違えたけど、最後は間違ってないんです。

子どものわたしがそう言うんだから、大丈夫です。

お母さん、産んでくれてありがとう。

わたし、最高に幸せだ――――っっっ‼』

マイクがハウリングする。みんな拍手をしながら、笑っていた。

わたしが今ここにいるのは、お母さんのおかげで。

弱かったわたしがこんなに強くなれたのは、郁のおかげ。

すべてに感謝して、生きていける。


披露宴の後、乃慧さん、香菜さん、亜弥さん、そしてわたしと郁とで、写真を撮った。郁の遺影を抱えて、みんなでピースサインをした。

郁、あなたは言ったよね。死んでも絶対行くからって。

わたしは生きる。生きていける。

さらに五年後の春

「ママー、ぞうさんがいるよ」

「そうだね、ぞうさんだね」

「このぞうさん、乗れるんだよ」

「そうなの？　パパ」

「そうだよ。乗ってごらん」

「どうやるの？」

「えっと……どうすればいいんだっけ？　絆」

「和義くんってそういうとこ、ほんと壊滅的にダメだよね……いい？　下に二本、棒があるでしょ。またがって、棒に足を乗せてごらん」

「こう？」

「そうそう!!」

「こう？　こう？」

「すげぇ。どんどん速くなってく」

「すごいね。この子」

「乗馬やらせようぜ、乗馬」

「は？　なんで？」

「騎手になれるかもしれない。いや、可愛いから芸能界向きかもしれないけど」

「……そうだね。考えとく」

そこへ陽だまりみたいな笑みで、小さな娘が駆けてくる。

「パパー、ママー、なんのおはなし、してるの？」

「あなたの将来の話をしてるんだよ」

「しょうらいって、なに？」

「未来のこと」

「みらい、ってなに？」

「あなたが大人になってからの話だよ、郁」

あとがき

まずはこの本を手に取ってくださり、ありがとうございます。

この小説は、ロックバンド・クリープハイプの『風にふかれて』という曲からインスピレーションが湧き、書きあげた作品です。本作のカバーイラストを、クリープハイプのアルバムのトレーラー映像なども手掛けたイラストレーター・雪下《ゆきした》まゆさんに描いて頂けたのも、何かのご縁に恵まれたとしか思えません。ひとえに、素敵な曲を書いてくださった尾崎世界観《おざきせかいかん》さんのお導きでしょうか。ありがとうございます。そして勝手に小説化してしまって、ごめんなさい。

この物語の主人公である絆は、かつての私です。

学校を辞めて、ネットの世界だけが居場所になり、自傷行為だけで自分を保っていた。そういう時期が、私にもありました。でもそんな私を救ってくれたのが、小説です。自分でも恐ろしくなるほど不器用でトロくて何もできない私に唯一できることが、文章を書くことでした。最初はめちゃくちゃな文章しか書けませんでしたが、読んでくださる方々に励まされながら小説執筆を続けてまいりました。また一方では、フリーライターの仕事などで文章力を磨きながら、十年かかってやっと今、小説家として、たくさんの方々に読んでもらえる物語を書けるようになったのだと思います。

もしもこの本を読んで、「現実はそんなに上手《うま》くいかないよ」って思っていらっしゃる方がいたら、その方に伝えたいことは、ふたつだけです。

ひとつは、人を大事にすること。

もうひとつは、好きなことがあるなら諦めないこと。

そのふたつを大切にするだけで、人生は自分でも思いもよらぬ良い方向に変わっていくはずです。そうすれば、自分に対してひどいことをした人についても自然と考えなくなりますし、生きていることが少しずつ楽しくなっていきます。大きな声で、自分を生かしてくれるすべてのものに対して、「ありがとう」と言えるようになります。感謝や尊敬の心が自然と生まれてくるのです。特にコロナ禍《か》である今は、みんなが不安に駆られ、どこかギスギスしてしまい、その大切な心が失われているように思います。胸が痛くなるようなニュースを見るたびに、「もっと人のことを思いやろうよ」と言いたくなります。全世界が大きな不安に満ちてしまっているから、差別や偏見、争いもひどくなります。悲しいかな、人を差別する心、人と闘おうとする心は、人間であれば誰もが持ち得るものだと思うのです。でも、その心を上手にコントロールできなくなると、大変なことになってしまいます。

この本を読んでいる間だけでも悲しい現実から離れ、絆と郁の切ないけれど優しい物語に癒された……。そんな方が一人でもいらっしゃったら、作者冥利《みょうり》に尽きるというものです。

最後に。

この小説は、小説家デビュー十周年、十番目の作品に当たります。メンタルが弱すぎる私が十年やってこられたのも、これまで支えてくださったたくさんの人たちのお陰です。そういう人たちを大切にしながら、次の十年、二十年、百年!?（それは冗談です）も頑張っていくので、どうぞこれからも、作家・櫻井千姫《さくらいちひめ》をよろしくお願いいたします。

二〇二一年六月

櫻井千姫

初出
小説投稿サイト「ステキブンゲイ」配信
二〇二〇年八月二十日～十二月三十一日に、
同タイトルで連載。
文庫化にあたり、加筆修正を行いました。
本作品はフィクションです。実在の個人、
団体、とは一切関係ありません。（編集部）

実業之日本社文庫　最新刊

櫻いいよ
きみに「ただいま」を言わせて
小学生の舞香は五年前に母親と死別し、母の親友とその夫に引き取られる。血の繋がらない三人家族、それぞれが抱える「秘密」の先に見つけた、本当の幸せとは!?
さ9 1

櫻井千姫
16歳の遺書
私の居場所はどこにもない。生きる意味もない――。辛い過去により苦悶の日々を送る女子高生・絆。だが、ある出会いが彼女を変えていく……。命の感動物語。
さ10 1

辻堂ゆめ
初恋部　恋はできぬが謎を解く
初めて恋をすることを目指して活動する初恋部の女子高生四人。ところが出会うのは運命の人ではなく校内で起こる奇妙な謎ばかりで……青春×本格ミステリ!
つ4 1

葉月奏太
寝取られた婚約者　復讐代行屋・矢島香澄
IT企業社長・羽田は罠にはめられ、彼女と会社を奪われる。香澄に依頼するも、暴力団組長ともうひとりの復讐代行屋が立ちはだかる。超官能サスペンス!
は6 11

睦月影郎
淫魔女メモリー
小説家の高志は、裏庭の井戸から漂う甘い香りに誘われて降りてみると、そこには地獄からの使者が!? 淫魔大王から力を与えられ、美女たち相手に大興奮!
む2 14

南 英男
偽装連鎖　警視庁極秘指令
元IT社長が巣鴨の路上で殺された事件で、タレントの恋人に預けていた隠し金五億円が消えていたことが判明。社長を殺し、金を奪ったのは一体誰なのか!?
み7 19

実業之日本社文庫 さ101

16歳《さい》の遺書《いしょ》

2021年6月15日　初版第1刷発行

著　者　櫻井千姫《さくらいちひめ》

発行者　岩野裕一
発行所　株式会社実業之日本社
〒107-0062　東京都港区南青山5-4-30
CoSTUME NATIONAL Aoyama Complex 2F
電話 [編集]03(6809)0473 [販売]03(6809)0495
ホームページ https://www.j-n.co.jp/
DTP　ラッシュ
印刷所　大日本印刷株式会社
製本所　大日本印刷株式会社

フォーマットデザイン　鈴木正道(Suzuki Design)

ISBN978-4-408-55668-0（第二文芸）

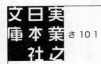